a revoada

[o enterro do diabo]

Obras do autor

O amor nos tempos do cólera
A aventura de Miguel Littín clandestino no Chile
Cem anos de solidão
Cheiro de goiaba
Crônica de uma morte anunciada
Do amor e outros demônios
Doze contos peregrinos
Os funerais da Mamãe Grande
O general em seu labirinto
A incrível e triste história da cândida Erêndira e sua avó desalmada
Memória de minhas putas tristes
Ninguém escreve ao coronel
Notícia de um sequestro
Olhos de cão azul
O outono do patriarca
Relato de um náufrago
A revoada (O enterro do diabo)
O veneno da madrugada (A má hora)
Viver para contar

Obra jornalística

Vol. 1 – Textos caribenhos (1948-1952)
Vol. 2 – Textos andinos (1954-1955)
Vol. 3 – Da Europa e da América (1955-1960)
Vol. 4 – Reportagens políticas (1974-1995)
Vol. 5 – Crônicas (1961-1984)
O escândalo do século

Obra infantojuvenil

A luz é como a água
María dos Prazeres
A sesta da terça-feira
Um senhor muito velho com umas asas enormes
O verão feliz da senhorita Forbes
Maria dos Prazeres e outros contos (com Carme Solé Vendrell)

Teatro

Diatribe de amor contra um homem sentado

Com Mario Vargas Llosa

Duas solidões: um diálogo sobre o romance na América Latina

GABRIEL GARCÍA MARQUEZ

a revoada
[o enterro do diabo]

TRADUÇÃO DE
JOEL SILVEIRA

29ª edição

EDITORA RECORD
RIO DE JANEIRO • SÃO PAULO

2024

CIP-Brasil. Catalogação na fonte
Sindicato Nacional dos Editores de Livros, RJ.

García Márquez, Gabriel, 1927-2014
G211r A revoada; (O enterro do diabo) / Gabriel García Márquez;
29ª ed. tradução de Joel Silveira. - 29ª ed. - Rio de Janeiro: Record, 2024.

Tradução de: La hojarasca
ISBN 978-85-01-01181-7

1. Ficção colombiana. I. Silveira, Joel, 1918-. II. Título.
III. Título: O enterro do diabo.

CDD - 868.993613
95-0889 CDU - 860(861)-3

Título original em espanhol
LA HOJARASCA

Publicado originalmente em 1974 por Plaza & Janés, S.A., Barcelona

Texto revisado segundo o Acordo Ortográfico da Língua Portuguesa de 1990.

Impresso no Brasil

ISBN 978-85-01-01181-7

E a respeito do cadáver de Polinice, que morreu miseravelmente, dizem que se publicou um édito proibindo que qualquer cidadão lhe desse sepultura ou o chorasse; mas ao contrário, que fosse deixado insepulto e sem direito às honras do pranto, que o deixassem como saborosa presa às aves que se decidirem a devorá-lo. Dizem que esse édito o bom Creonte fez apregoar por mim e por ti, isto é, por mim; e aqui me virá para anunciar essa ordem aos que não a conhecem; e que a coisa há de ser feita de qualquer maneira, pois quem se atrever a fazer algo do que ele proibiu será lapidado pelo povo.

(De Antígona)

NOTA DO TRADUTOR:

O título original do livro é *La Hojarasca* — literalmente, *a folharada* — no sentido que o Autor explica em sua nota-prefácio. Ali, e também em dois capítulos, em que aparece em itálico, preferimos deixar a palavra em espanhol.

Quanto ao título em português, achamos que *A Revoada* é expressivo e adequado.

J.S.

DE REPENTE, *como se um redemoinho tivesse plantado raízes no centro do povoado, chegou a companhia bananeira, perseguida pela hojarasca. Era um aluvião revolto, alvoroçado, formado pelas sobras humanas e materiais dos outros povoados; restolhos de uma guerra civil que parecia cada vez mais remota e inverossímil. O aluvião era implacável. Contaminava tudo com o seu revolto odor multitudinário, odor de secreção à flor da pele e recôndita morte. Em menos de um ano, jogou sobre o povoado os escombros de numerosas catástrofes anteriores à própria invasão, espalhou nas ruas sua confusa carga de sobras. E essas sobras, precipitadamente, ao aturdido e imprevisto compasso da tormenta, iam-se selecionando, individualizando-se, até transformarem o que foi uma rua com um rio no extremo e no outro um cercado para os mortos num povoado diferente e complicado, feito com as sobras dos outros povoados.*

Ali chegaram, confundidas no aluvião humano, arrastadas pela sua impetuosa força, as sobras dos armazéns, dos hospitais, dos salões de diversão, das usinas elétricas; sobras de mulheres sozinhas e de homens que amarravam a mula na grade do hotel, trazendo como única equipagem um baú de madeira ou uma trouxa de roupa, e que poucos meses após já tinham casa própria, duas concubinas e o título militar que lhes ficaram devendo por haver chegado tarde à guerra.

Até as sobras do amor triste das cidades nos chegaram com o aluvião e construíram pequenas casas de madeira, e primeiro construíram um canto onde meio catre era o sombrio lar para uma noite, e depois uma ruidosa rua clandestina, e depois todo um povoado de tolerância incrustado dentro do povoado.

Em meio àquela nevasca, daquela tempestade de caras desconhecidas, de toldos na via pública, de homens que mudavam de roupa em plena rua, de mulheres sentadas em baús com os guarda-sóis abertos, e de mulas e mais mulas abandonadas, morrendo de fome no quarteirão do hotel, os primeiros passamos a ser os últimos; nós é que éramos os forasteiros, os adventícios.

Depois da guerra, quando chegamos a Macondo e apreciamos a qualidade do seu solo, já sabíamos que o aluvião teria de chegar, mas não contávamos com o seu ímpeto. Assim, pois, quando sentimos a avalancha vir, a única coisa que pudemos fazer foi colocar o prato com o garfo e a faca atrás da porta e ali ficarmos sentados, pacientemente à espera de que os recém-chegados nos conhecessem. Então o trem apitou pela primeira vez. O aluvião deu uma volta e foi recebê-lo e com isso perdeu seu impulso, mas adquiriu unidade e solidez; e sofreu o natural processo de fermentação e se juntou aos germes da terra.

(Macondo, 1909)

PELA PRIMEIRA VEZ vi um cadáver. É quarta-feira, mas sinto como se fosse domingo porque não fui à escola e me fizeram vestir esta roupa de veludo verde que me aperta em algum lugar. Levado pela mão de mamãe e seguindo meu avô, que tateia a cada passo com a bengala para não tropeçar nas coisas (ele não enxerga bem na penumbra, e além disso capenga), passei diante do espelho da sala e me vi de corpo inteiro, vestido de verde e com este laço branco e engomado que me aperta de um lado do pescoço. Vi-me na redonda lua manchada e pensei: "Este sou eu, como se hoje fosse domingo."

Viemos à casa onde está o morto.

O calor é sufocante na sala fechada. Ouve-se o zumbido do sol nas ruas, nada mais. O ar é parado, concreto; tem-se a impressão de que se poderia cortá-lo com uma lâmina de aço. Na sala onde colocaram o cadáver sente-se a presença de baús, mas não os vejo em nenhuma parte. Há uma rede num canto, com um dos punhos preso no armador. Um forte cheiro de restos. E creio que as coisas arruinadas e quase desfeitas que nos rodeiam têm o aspecto das coisas que devem cheirar a restos, mesmo que tenham outro cheiro.

Sempre achei que os mortos deviam usar chapéu. Agora vejo que não. Vejo que têm a cabeça pontuda e um lenço amarrado na mandíbula. Vejo que têm a boca um pouco aberta e que se percebem, por detrás dos lábios arroxeados, os dentes escuros e irregulares. Vejo que têm a língua mordida de um lado, grossa e pastosa, um pouco mais escura que a cor da cara, a mesma cor dos dedos quando os apertamos com um barbante. Vejo que têm os olhos abertos, muito mais que os de um homem; ansiosos e vazios, e que a pele parece de terra calcada e úmida. Acreditava que um morto parecia uma pessoa quieta e adormecida, e agora vejo que é exatamente o contrário. Vejo que parece uma pessoa acordada e raivosa, depois de uma briga.

Mamãe também se vestiu como se fosse domingo. Pôs o antigo chapéu de palha que lhe cobre as orelhas e um vestido negro, fechado em cima, com mangas até os punhos. Como hoje é quarta-feira, vejo-a distante, desconhecida, e tenho a impressão de que me quer dizer alguma coisa enquanto meu avô se levanta para receber os homens que trouxeram o ataúde. Mamãe está sentada ao meu lado, de costas para a janela fechada. Respira penosamente e a cada instante ajeita os fios de cabelo que lhe saem por debaixo do chapéu colocado às pressas. Meu avô mandou que os homens pusessem o ataúde perto da cama. Só então vi que o morto podia caber dentro dele. Quando os homens trouxeram o caixão, tive a impressão de que ele era demasiado pequeno para um corpo que ocupava todo o comprimento do leito.

Não sei por que me trouxeram. Nunca havia entrado nesta casa e acreditava mesmo que fosse desabitada. É uma casa grande, de esquina, cujas portas, creio, nunca foram abertas. Sempre pensei que a casa estivesse desocupada. Somente agora, depois que mamãe me disse: "Esta tarde você não vai à escola", e não senti alegria, porque ela me falou com uma voz grave e reservada; e a vi voltar com minha roupa de veludo e me vestiu sem falar e depois fomos para a porta juntar-nos a meu avô; e passamos as três casas que separam esta da nossa. Somente agora percebi que alguém morava nesta esquina. Alguém que morreu e que deve ser o homem ao qual minha mãe se referiu quando disse: "Comporte-se bem no enterro do doutor."

Ao entrar não vi o morto. Vi meu avô na porta, falando com os homens, e vi-o depois mandando-nos entrar. Pensei, então, que havia alguém na sala, mas ao entrar senti-a escura e vazia. O calor me golpeou o rosto desde o primeiro momento e senti este cheiro de restos que a princípio era sólido e permanente e que agora, como o calor, chega em ondas espaçadas e desaparece. Mamãe me levou pela mão através da sala escura e me fez sentar a seu lado, num canto. Só depois de alguns instantes é que comecei a distinguir as coisas. Vi meu avô tentando abrir uma janela que parece presa ao peitoril, soldado com a madeira da moldura, e o vi dando bengaladas nos trincos, o paletó coberto da poeira que se desprendia a cada pancada. Voltei o rosto para o lugar onde se encontrava meu avô quando se declarou impotente para abrir a janela e só então vi que havia alguém na cama. Havia um homem escuro, estirado, imóvel. Então voltei-me para onde estava mamãe, que continuava distante e séria, olhando para outro lado da sala. Como os meus pés não tocam o chão, mas ficam suspensos no ar, a uma pequena distância do solo, coloquei as mãos debaixo das coxas, as palmas apoiadas no assento, e comecei a balançar as pernas, sem pensar em nada, até que me lembrei de que mamãe me havia dito: "Comporte-se bem no enterro do doutor." Então senti algo frio nas minhas costas, voltei a olhar e vi apenas a parede de madeira gretada e seca. Foi, porém, como se alguém me tivesse dito, da parede: "Não mexa as pernas, que o homem que está na cama é o doutor e está morto." E, quando olhei para a cama, já não o vi como antes. Já não o vi deitado e sim morto.

A partir de então, por mais que eu me esforce para não o olhar, sinto como se alguém me empurrasse o rosto para esse lado. E mesmo que faça esforços para olhar para outros lugares da sala, continuo a vê-lo, de todos os modos, em qualquer parte, com os olhos fora das órbitas e o rosto verde e morto na escuridão.

Não sei por que ninguém veio ao enterro. Viemos meu avô, mamãe e os quatro índios que trabalham para meu avô. Os homens trouxeram um saco de cal, que esvaziaram dentro do ataúde. Se minha mãe não estivesse tão estranha e distante, eu lhe perguntaria por que fazem isso. Não compreendo por que têm de jogar cal no caixão. Quando o saco ficou vazio, um dos homens o sacudiu sobre o ataúde e ainda caiu um resto do pó, mais parecendo serragem do que cal. Ergueram o morto pelos ombros e os pés. Veste umas calças ordinárias, presas à cintura por uma correia larga e preta, e traz uma camisa cinzenta. Somente o pé esquerdo está calçado. Com um pé rei e outro escravo, como disse Ada. O sapato direito está jogado num canto da cama. No leito, o morto parecia estar numa posição incômoda. No ataúde, porém, parece mais confortável, mais tranquilo, e o rosto, que era o de um homem vivo e desperto depois de uma briga, adquiriu um aspecto repousado e seguro. O perfil tornou-se suave; e é como se ali, no caixão, ele já se sentisse no lugar que lhe corresponde como morto.

Meu avô move-se na sala. Recolheu alguns objetos e os colocou no caixão. Volto a olhar mamãe com a esperança de que ela me diga por que meu avô está botando coisas no ataúde. Minha mãe, porém, permanece imperturbável dentro do vestido negro, e parece esforçar-se para não olhar para o lugar onde está o morto. Eu também quero fazer a mesma coisa, mas não posso. Olho-o fixamente, examino-o. Meu avô bota um livro dentro do ataúde, faz um sinal aos homens e três deles colocam a tampa sobre o cadáver. Só então me sinto libertado das mãos que me mantinham a cabeça voltada para esse lado e começo a examinar a sala.

Volto a olhar para minha mãe. Pela primeira vez desde que chegamos aqui, ela me olha e sorri com um sorriso forçado, sem nada por dentro; e ouço, distante, o apito do trem que se perde na última curva. Percebo um ruído onde está o cadáver. Vejo que um dos homens levanta a tampa e que meu avô introduz no ataúde o sapato do morto, que fora esquecido na cama. O trem volta a apitar, cada vez mais distante, e de repente penso: "São duas e meia." E lembro que a esta hora (enquanto o trem apita na última curva do povoado) os meninos estão fazendo filas na escola para entrar na primeira aula da tarde.

"Abraão", penso.

....

Não devia ter trazido o menino. Não lhe convém este espetáculo. A mim mesma, que já vou fazer trinta anos, não me faz bem este ambiente que a presença do cadáver torna denso. Poderíamos sair agora. Poderíamos dizer a papai que não nos sentimos bem num quarto em que se foram acumulando, durante dezessete anos, os resíduos de um homem desvinculado de tudo o que possa ser considerado afeto ou gratidão. Talvez tenha sido meu pai a única pessoa que sentiu por ele alguma simpatia. Uma inexplicável simpatia que agora serve ao morto para que não apodreça dentro destas quatro paredes.

Preocupa-me a ridicularia que há em tudo isto. Intranquiliza-me a ideia de que dentro em pouco sairemos para a rua acompanhando um ataúde que a ninguém inspirará qualquer sentimento que não seja a complacência. Imagino a expressão das mulheres nas janelas, vendo passar meu pai, vendo-me passar com o menino atrás de um caixão mortuário em cujo interior principia a apodrecer a única pessoa a quem o povoado sempre quis ver assim, conduzida ao cemitério em meio a um implacável abandono, seguida pelas três pessoas que resolveram fazer a obra de misericórdia que será o começo de sua própria vergonha. É possível que essa determinação de papai seja motivo para que amanhã não se encontre ninguém disposto a acompanhar nosso enterro.

Talvez seja por isso que eu trouxe o menino. Quando, momentos atrás, meu pai me disse: "Você tem que me acompanhar", a primeira coisa que me ocorreu foi levar também o menino, para me sentir protegida. Agora estamos aqui, nesta sufocante tarde de setembro, sentindo que as coisas que nos rodeiam são os impiedosos agentes de nossos inimigos. Papai não tem por que se preocupar. Na realidade, ele passou a vida fazendo coisas como esta; dando pedras para o povoado comer, cumprindo com seus mais insignificantes compromissos de costas para todas as conveniências. Há vinte e cinco anos, quando este homem chegou à nossa casa, papai devia ter percebido (ao notar as absurdas maneiras do visitante) que hoje não haveria no povoado uma só pessoa disposta sequer a jogar o cadáver aos urubus. Talvez papai tenha previsto todos os obstáculos, medido e calculado os possíveis inconvenientes. E agora, vinte e cinco anos depois, deve sentir que isso é apenas o cumprimento de uma tarefa — longamente premeditada, que ele teria levado a cabo de qualquer maneira, mesmo que tivesse ele próprio de arrastar o cadáver pelas ruas de Macondo.

No entanto, chegada a hora, não teve coragem para fazê-lo sozinho e me obrigou a participar desse intolerável compromisso que assumiu muito antes que eu tivesse o uso da razão. Quando me disse: "Você tem que me acompanhar", não me deu tempo para pensar no alcance de suas palavras; não pude calcular o quanto de ridículo e vergonhoso existe nisso de enterrar um homem que todo mundo sempre esperou ver convertido em pó na sua cova. Porque a gente não somente havia esperado por isso, mas também havia se preparado para que as coisas sucedessem exatamente desse modo que todos haviam esperado do fundo do coração, sem remorso e até com a antecipada satisfação de algum dia sentir o alegre fedor de sua decomposição flutuando no povoado, sem que ninguém se sentisse comovido, assustado ou escandalizado, mas satisfeito de ver chegada a hora apetecida, desejando que a situação se prolongasse até que o avinagrado cheiro do morto pudesse saciar até os mais recônditos sentimentos.

Agora vamos privar Macondo de um prazer longamente desejado. Sinto como se, de certo modo, esta nossa determinação fizesse nascer no coração da gente não o melancólico sentimento de uma frustração, mas o de um adiamento.

Por esse motivo também é que eu deveria ter deixado o menino em casa; para não comprometê-lo nessa confabulação que agora se encarniçará em torno de nós como o fez com o doutor durante dez anos. O menino devia permanecer à margem desse compromisso. Nem ao menos sabe por que está aqui, por que o trouxemos a este quarto cheio de escombros. Permanece silencioso, perplexo, como se esperasse que alguém lhe explicasse o significado de tudo isso; como se aguardasse, sentado, balançando as pernas e com as mãos apoiadas na cadeira, que alguém lhe decifre esse espantoso enigma. Quero ficar segura de que ninguém o fará; de que ninguém abrirá essa porta invisível que o impede de ir além do alcance dos seus sentidos.

Várias vezes já me olhou e eu sei que me vê estranha, desconhecida, com este vestido fechado e este chapéu antigo que pus para não ser identificada nem mesmo pelos meus próprios pressentimentos.

Se Meme estivesse viva, aqui nesta casa, talvez tudo fosse diferente. Poder-se-ia acreditar que vim por sua causa. Poder-se-ia acreditar que vim participar de uma dor que ela não teria sentido, mas que poderia aparentar e que poderia ser explicada ao povoado. Meme desapareceu faz onze anos. A morte do doutor põe fim à possibilidade de se conhecer seu paradeiro, ou, ao menos, o paradeiro dos seus ossos. Meme não está aqui, mas é provável que se estivesse — se não tivesse acontecido o que aconteceu e que nunca pôde ser esclarecido — teria ficado do lado do povoado e contra o homem que durante seis anos aqueceu seu leito com tanto amor e tanta humanidade como poderia ter feito um jumento.

Ouço apitar o trem na última curva. "São duas e meia", penso; e não posso livrar-me da ideia de que a essa hora toda Macondo está com o pensamento voltado para o que fazemos nesta casa. Penso na Sra. Rebeca, magra e apergaminhada, com algo de fantasma doméstico no olhar e no vestir, sentada junto ao ventilador elétrico e com o rosto sombreado pelas rótulas de suas janelas. Enquanto ouve o trem que se perde na última curva, a Sra. Rebeca inclina a cabeça para o ventilador, atormentada pela temperatura e pelo ressentimento, com as cruzes do seu coração girando como as pás do ventilador (porém em sentido inverso), e murmura: "A mão do diabo está em tudo isso", e estremece, atada à vida pelas minúsculas raízes do cotidiano.

E Águeda, a paralítica, olhando Solita que volta da estação depois de se despedir do noivo; vendo-a abrir a sombrinha ao dobrar a esquina deserta; sentindo-a aproximar-se com o regozijo sexual que ela própria sentiu alguma vez e que, nela, se transformou nessa paciente enfermidade religiosa que a faz dizer: "Tu te revolverás na cama como um porco no chiqueiro."

Não posso livrar-me dessa ideia, deixar de pensar que são duas e meia; que passa a mula do correio envolta numa poeira abrasante, seguida pelos homens que interromperam a sesta da quarta-feira para ir apanhar o pacote de jornais. Padre Ángel, sentado, dorme na sacristia com um breviário aberto sobre o ventre gordo, vendo passar a mula do correio, sacudindo as moscas que atormentam o seu sono, arrotando, dizendo: "Envenenas-me com tuas almôndegas."

Diante de tudo isso, papai mantém o sangue-frio. Mesmo quando ordena que destampem o ataúde e nele ponham o sapato que ficara esquecido na cama. Só ele poderia interessar-se pela figura ordinária deste homem. Não ficaria surpresa se, quando sairmos com o cadáver, a multidão esteja nos aguardando na porta com os excrementos acumulados durante a noite e nos dê um banho de imundície por contrariarmos a vontade do povoado. Talvez não o façam por tratar-se de papai. Talvez o façam por tratar-se de algo tão indigno como é isso de frustrar ao povoado um prazer há tanto tempo acalentado, imaginado durante tantas tardes sufocantes, cada vez que homens e mulheres passavam diante desta casa e diziam: "Mais cedo ou mais tarde almoçaremos com este cheiro." Porque era isso o que todos diziam, da primeira à última casa.

Serão três horas dentro em pouco. A *Senhorita* já o sabe. A Sra. Rebeca a viu passar e chamou-a, invisível por detrás das grades da janela, e por um instante saiu da órbita do ventilador e lhe disse: "Senhorita, é o diabo. Você sabe." E amanhã já não será meu filho quem irá à escola, mas outro menino completamente diferente; um menino que crescerá, se reproduzirá e finalmente morrerá sem que ninguém tenha para com ele uma dívida de gratidão que o credencie a ser enterrado como um cristão.

Agora eu estaria em casa, tranquila, se vinte e cinco anos atrás este homem não tivesse chegado à casa do meu pai com uma carta de recomendação que ninguém jamais soube de quem era, e tivesse ficado conosco, alimentando-se de ervas e olhando as mulheres com esses cobiçosos olhos de cão que lhe saltaram das órbitas. Meu castigo, porém, estava determinado desde antes do meu nascimento e permanecera oculto, reprimido, até este fatal ano bissexto, quando completei trinta anos e meu pai me disse: "Você tem que me acompanhar." E depois, antes que eu tivesse tempo de perguntar, ele acrescentou, batendo no chão com a bengala: "Temos de sair disso de qualquer maneira, minha filha. O doutor enforcou-se esta madrugada."

....

Os homens saíram e voltaram à sala com um martelo e uma caixa de pregos. Mas não pregaram o ataúde. Colocaram as coisas na mesa e sentaram-se na cama onde estava o morto. Meu avô parece tranquilo, mas é uma tranquilidade imperfeita e desesperada. Não é a tranquilidade do cadáver no ataúde, mas a de um homem impaciente que se esforça por não parecê-lo. É uma intranquilidade inconformada e ansiosa, a do meu avô que dá voltas na sala, capengando, removendo os objetos amontoados.

Quando descubro que há moscas na sala, começa a torturar-me a ideia de que o ataúde ficou cheio de moscas. Ainda não pregaram a tampa, mas me parece que esse zumbido, que a princípio confundi com o rumor de um ventilador elétrico da vizinhança, é o tropel das moscas batendo, cegas, contra as paredes do ataúde e a cara do morto. Balanço a cabeça; fecho os olhos; vejo meu avô que abre um baú e tira algumas coisas que não consigo distinguir; vejo na cama as quatro brasas dos charutos abandonados. Acossado pelo calor sufocante, pelo minuto que não passa, pelo zumbido das moscas, sinto como se alguém me dissesse: *"Ficarás também assim. Dentro de um ataúde cheio de moscas. Ainda não tens onze anos, mas algum dia ficarás assim, entregue às moscas dentro de um caixão fechado."* E estiro as pernas, juntas, e vejo minhas próprias botinas, negras e lustrosas. "Um cadarço está desamarrado", penso, e volto a olhar para mamãe. Ela também me olha e inclina-se para amarrar o cadarço da botina.

O olor que se desprende da cabeça de mamãe, quente e cheirando a interior de armário, cheirando a madeira velha, leva-me a lembrar o claustro do ataúde. Minha respiração torna-se difícil, quero ir embora daqui; quero respirar o ar abrasado da rua, e para isso lanço mão de um recurso extremo. Quando mamãe se levanta, eu lhe digo em voz baixa: Mamãe!

Ela sorri, diz:

— Ahn.

E eu, tremendo e inclinando-me para o seu rosto lavado e brilhante:

— Tenho vontade de ir lá dentro.

Mamãe chama meu avô, lhe diz alguma coisa. Percebo seus olhos apertados e imóveis por detrás das lentes, quando ele se aproxima e me diz:

— Agora é impossível.

E me estiro e fico quieto, indiferente ao meu fracasso. Outra vez mais as coisas acontecem com grande lentidão. Houve um movimento rápido, outro e mais outro. E depois, mais uma vez mamãe inclinada sobre meu ombro, dizendo:

— Já passou?

E pergunta com voz séria e concreta, como se, mais que uma pergunta, fosse uma recriminação. Tenho o ventre seco e duro, mas a pergunta de mamãe o abranda, deixa-o cheio e frouxo, e então tudo, até a seriedade dela, torna-se agressivo, desafiador.

— Não — lhe digo. — Ainda não passou.

Aperto o estômago e tento bater no chão com os pés (outro recurso extremo), mas só encontro o vazio, lá embaixo; a distância que me separa do chão.

Alguém entra na sala. É um dos empregados do meu avô, seguido por um soldado e um homem que também veste calças de brim verde, traz um cinturão com revólver e segura na mão um chapéu de abas largas e curvas. Meu avô vai recebê-lo. O homem das calças verdes tosse na escuridão, diz alguma coisa a meu avô, volta a tossir e, ainda tossindo, ordena ao soldado para forçar a janela emperrada.

As paredes de madeira têm uma aparência de desagregação. Parecem construídas com cinza fria e comprimida. Quando o soldado golpeia o trinco com a culatra do fuzil, tenho a impressão de que as portas não se abrirão. A casa virá abaixo, as paredes aluirão sem estrépito, como um palácio de cinza que se desfizesse no ar. Acredito que num segundo golpe ficaremos na rua, sob o sol a pino, sentados, com a cabeça coberta de escombros. Mas na segunda pancada, a janela se abre e a luz penetra na sala: irrompe violentamente, como quando se abre a porta para um animal atônito, que corre e fareja, mudo; que arranha as paredes, enraivecido, babando, e depois volta a encolher-se, pacífico, no lugar mais fresco da janela.

Ao abrir-se a janela, as coisas se tornam visíveis, mas se consolidam em sua estranha irrealidade. Então mamãe respira fundo, me estende as mãos e diz:

— Venha, vamos ver nossa casa da janela.

E nos seus braços vejo outra vez o povoado, como se a ele regressasse depois de uma viagem. Vejo nossa casa descolorida e arruinada, mas fresca sob as amendoeiras; e sinto daqui como se nunca tivesse estado dentro dessa frescura verde e cordial, como se a nossa fora a perfeita casa imaginária, prometida por minha mãe em minhas noites de pesadelo. E vejo Pepe que passa sem nos ver, distraído. O garoto da casa vizinha que passa assoviando, transformado e desconhecido, como se acabasse de cortar o cabelo.

. . . .

Então o alcaide levanta-se, a camisa aberta, suarento, a expressão completamente transtornada. Aproxima-se de mim, congestionado pela exaltação que lhe provoca o próprio argumento.

— Não podemos garantir que esteja realmente morto antes que comece a feder — diz, e acaba de abotoar a camisa e acende um cigarro, o rosto novamente voltado para o ataúde, talvez pensando: "Agora não podem dizer que estou fora da lei."

Encaro-o e sinto que o olhei com a firmeza necessária para fazê-lo compreender que chego até o mais fundo dos seus pensamentos. Digo-lhe:

— O senhor está se colocando fora da lei para agradar aos demais.

E ele, como se fosse exatamente isso o que esperava ouvir, responde:

— O senhor é um homem respeitável, coronel. O senhor sabe que estou cumprindo o meu dever.

Eu lhe digo:

— Ninguém melhor do que o senhor sabe que ele está morto.

E ele diz:

— É verdade, mas afinal de contas eu sou apenas um funcionário. A única coisa que vale é um atestado de óbito.

E eu lhe digo:

— Se a lei está com o senhor, aproveite-a para trazer um médico que possa dar o atestado de óbito.

E ele, com a cabeça erguida, mas sem altivez, calmamente, mas sem o menor sinal de debilidade ou desconcerto, diz:

— O senhor é uma pessoa respeitável e sabe que isso seria uma arbitrariedade.

Ao ouvi-lo, percebo que não está tão imbecilizado pela aguardente como pela covardia.

Percebo agora que o alcaide compartilha os rancores do povo. É um sentimento alimentado durante dez anos, desde aquela borrascosa noite em que trouxeram os feridos até a porta do doutor e lhe gritaram (porque ele não abriu; falou de dentro), e gritaram: "Doutor, atenda estes feridos, pois os outros médicos não dão conta", e ainda sem abrir (porque a porta continuou fechada, os feridos deitados lá fora): "O senhor é o único médico que nos resta. Tem que fazer esta obra de caridade"; e ele respondeu (e mesmo então não abriu a porta), imaginando-se rodeado pela turbamulta no meio da sala, a lâmpada no alto, os duros olhos amarelos iluminados: "Esqueci tudo o que sabia. Levem-nos a outro lugar", e continuou (porque desde então a porta nunca mais se abriu) com a porta fechada enquanto o rancor crescia, ramificava-se e se convertia numa virulência coletiva, que não daria trégua a Macondo para o resto de sua vida, para que em cada ouvido continuasse retumbando a sentença — gritada nessa noite — que condenou o doutor a apodrecer dentro destas paredes.

Passaram-se dez anos sem que ele bebesse da água do povoado, acossado pelo temor de que estivesse envenenada; alimentando-se com os legumes que ele e sua concubina índia plantavam no quintal. Agora o povoado sente que chegou a hora de lhe negar a piedade que ele negou ao povoado dez anos atrás, e Macondo, que o sabe morto (porque todos devem ter despertado esta manhã um pouco mais leves), prepara-se para desfrutar desse prazer tão esperado e que todos consideram merecido. Só querem sentir o fedor da decomposição orgânica por detrás das portas que naquela noite não se abriram.

Começo agora a compreender que de nada valerá meu compromisso contra a ferocidade de todo um povoado, e que estou encurralado, cercado pelo ódio e pela impenitência de uma quadrilha de ressentidos. Até a igreja encontrou uma maneira de ficar contra minha determinação. Há pouco Padre Ángel me disse: "Não permitirei de forma alguma que sepultem em terra sagrada um homem que se enforcou depois de ter vivido sessenta anos longe de Deus. Deus veria mesmo o senhor com bons olhos se se abstivesse de levar a cabo o que não seria uma obra de misericórdia, mas um ato de rebeldia contra Ele." Eu lhe disse: "Enterrar os mortos, como está escrito, é um ato de misericórdia." E Padre Ángel disse: "Sim. Mas neste caso não somos nós que temos de providenciar, mas a Saúde Pública."

Vim. Chamei os quatro *guajiros* que foram criados em minha casa. Obriguei minha filha Isabel a me acompanhar. Assim o ato se converte em algo mais familiar, mais humano, menos personalista e desafiador do que se eu mesmo tivesse arrastado o cadáver pelas ruas do povoado até o cemitério. Creio que Macondo é capaz de tudo, depois do que já vi e do que vem acontecendo neste século. Mas se não respeitam a mim, por ser velho, coronel da república e, ainda por cima, coxo do corpo e inteiro da consciência, espero que ao menos respeitem minha filha por ser mulher. Não o faço por mim. Nem talvez seja pela tranquilidade do morto. Apenas para cumprir um compromisso sagrado. Se trouxe Isabel comigo, não foi por covardia, mas por caridade. Ela trouxe o menino (e compreendo que o tenha feito pelos mesmos motivos) e agora estamos aqui, os três, suportando o peso dessa dura emergência.

Chegamos não faz muito. Pensei que encontraríamos o cadáver ainda suspenso do teto, mas os homens se adiantaram, estenderam-no na cama e quase o amortalharam, com a secreta convicção de que a coisa não duraria mais de uma hora. Quando chego, espero que tragam o ataúde, vejo minha filha e o menino que se sentam num canto e examino a sala, pensando que o doutor talvez tivesse deixado alguma coisa que explique seu gesto. A escrivaninha está aberta, abarrotada de papéis confusos, nenhum escrito por ele. Na escrivaninha está o formulário encadernado, o mesmo que ele trouxe aqui para esta casa vinte e cinco anos atrás, quando abriu aquele enorme baú dentro do qual poderia caber a roupa de toda a minha família. No baú, porém, havia somente duas camisas ordinárias, uma dentadura postiça que não podia ser sua pela simples razão de que ele tinha dentes naturais, fortes e completos; um retrato e um formulário. Abro as gavetas e em todas encontro papéis impressos, apenas papéis, antigos, empoeirados; e embaixo, na última gaveta, a dentadura postiça que ele trouxe há vinte e cinco anos, empoeirada, amarelada pelo tempo e pela falta de uso. Sobre a mesinha, junto ao abajur apagado, há vários maços de jornais ainda fechados. Examino-os. Estão escritos em francês, e os mais recentes já são velhos de três meses: *Julho de 1928*. E há outros também sem abrir: *Janeiro de 1927, Novembro de 1926*. E os mais antigos: *Outubro de 1919*. Penso: "Há nove anos, um ano depois de anunciada a sentença, que ele não abria os jornais. Desde então havia renunciado à última coisa que o vinculava à sua terra e à sua gente."

Os homens trazem o ataúde e baixam o cadáver. Lembro, então, o dia, vinte e cinco anos atrás, em que ele chegou a minha casa e me entregou a carta de recomendação, datada do Panamá e a mim dirigida pelo Intendente-Geral do Litoral Atlântico, nos fins da guerra grande, o Coronel Aureliano Buendía. Procuro na escuridão daquele baú sem fundo suas miudezas dispersas. Não tem chave e está noutro canto da sala, com as mesmas coisas que trouxe há vinte e cinco anos. Lembro: "Tinha duas camisas ordinárias, uma dentadura, um retrato e esse velho formulário encadernado." E vou recolhendo estas coisas, antes que fechem o ataúde, e as coloco dentro dele. O retrato ainda está no fundo do baú, quase no mesmo lugar em que estava naquela vez. É o daguerreótipo de um militar condecorado. Ponho o retrato no caixão, também a dentadura e, finalmente, o formulário. Quando termino, faço um sinal aos homens para que fechem o ataúde. Penso: "Agora ele está novamente de viagem. E é natural que, nesta última, leve as coisas que o acompanharam na penúltima. É mais do que natural." E então me parece vê-lo, pela primeira vez, comodamente morto.

Examino a sala e noto que esqueceram um sapato na cama. Faço um novo sinal a meus homens, com o sapato na mão, e eles voltam a levantar a tampa no preciso instante em que o trem apita, perdendo-se na última curva do povoado. "São duas e meia", penso. "Duas e meia do dia 12 de setembro de 1928; quase a mesma hora daquele dia, em 1903, em que este homem sentou-se pela primeira vez à nossa mesa e pediu erva para comer." Adelaida, então, lhe perguntou: "Que espécie de erva, doutor?" E ele, com sua parcimoniosa voz de ruminante, ainda perturbada pela nasalidade: "Erva comum, senhora. Dessa que os burros comem."

VERDADE É QUE Meme não está em casa e que ninguém poderá dizer com exatidão quando deixou de estar. Vi-a pela última vez há onze anos. Ainda tinha nesta esquina o botequim que as exigências dos vizinhos foram insensivelmente modificando até convertê-lo numa miscelânea. Tudo muito arrumado, muito composto pelo escrupuloso e metódico labor de Meme, que passava o dia cozinhando para os vizinhos numa das quatro Domestic que então havia no povoado, ou atrás do balcão, atendendo à clientela com aquela simpatia de índia que nunca deixou de ter e que era ao mesmo tempo desinibida e reservada; um confuso complexo de ingenuidade e desconfiança.

Perdi Meme de vista desde que ela deixou nossa casa, mas a verdade é que já não poderia dizer com exatidão quando veio morar na esquina com o doutor, nem como pôde tornar-se tão indigna a ponto de converter-se na mulher de um homem que lhe negou seus serviços, quando ambos compartilhavam a casa do meu pai, ela como filha de criação, ele como hóspede permanente. Soube pela minha madrasta que o doutor era um homem de mau caráter, que havia sustentado uma longa discussão com meu pai para convencê-lo de que o que Meme tinha não era nada de grave. E disse isto sem ao menos tê-la visto, sem sair do seu quarto. De qualquer maneira, embora a doença da *guajira* tivesse sido apenas uma enfermidade passageira, ele deveria tê-la assistido, pelo menos pela consideração com que foi tratado em nossa casa durante os oito anos em que nela viveu.

Não sei como as coisas aconteceram. Sei somente que um dia Meme não amanheceu em casa, e ele também não. Então minha madrasta mandou fechar o quarto e não voltou a falar dele até doze anos atrás, quando costurávamos meu vestido de noiva.

Três ou quatro domingos depois de haver abandonado nossa casa, Meme foi à missa das oito, com um ruidoso vestido de seda estampada e um ridículo chapéu enfeitado com um ramo de flores artificiais. Eu a havia visto sempre tão simples em nossa casa, a maior parte do dia descalça, que nesse domingo em que entrou na igreja me pareceu uma Meme diferente da nossa. Ouviu toda a missa, entre as senhoras, ereta e afetada sob o monte de coisas que havia posto e que a tornavam complicadamente nova, como uma espetacular novidade repleta de bijuterias. Ajoelhou-se, lá na frente. E até a devoção com que ouviu a missa era desconhecida nela; até na maneira de persignar-se havia alguma coisa dessa afetação florida e resplandecente com que entrou na igreja, diante da perplexidade daqueles que a conheceram quando era criada em nossa casa, e da surpresa dos que nunca a tinham visto.

Eu (que então não teria mais de treze anos) me perguntava a que se devia aquela transformação; por que Meme havia desaparecido de nossa casa e reaparecia naquele domingo, na igreja, vestida mais como um presépio de Natal do que como uma senhora, ou como se teriam vestido três senhoras juntas para assistir à missa da Páscoa, e com que poderia ainda se vestir mais uma senhora com tudo o que sobrava dos anéis e contas da índia. Quando terminou a missa, as mulheres e os homens detiveram-se na porta para vê-la sair; ficaram no átrio, numa dupla fileira diante da porta principal, e até creio que houve algo secretamente premeditado nessa solenidade indolente e irônica com que ficaram esperando, sem dizer uma palavra, até que Meme apareceu na porta, fechou os olhos e depois os abriu, numa perfeita harmonia com sua sombrinha de sete cores. Passou assim, por entre a dupla fileira de mulheres e homens, ridícula em sua fantasia de pavão com saltos altos, até que um dos homens começou a fechar o círculo e Meme ficou no meio, abobalhada, confusa, tentando sorrir com um sorriso de distinção que lhe saiu tão aparatoso e falso como sua própria figura. Mas quando Meme saiu, abriu a sombrinha e começou a caminhar, papai estava ao meu lado e me arrastava para o grupo. De maneira que, quando os homens começaram a fechar o círculo, meu pai abriu passagem até onde Meme, envergonhada, procurava uma maneira de evadir-se. Papai tomou-a pelo braço, sem olhar para a gente, e a trouxe para o meio da praça, com essa atitude soberba e desafiadora que sempre adota quando faz alguma coisa com a qual os demais não estarão de acordo.

Passou algum tempo antes que eu soubesse que Meme fora viver como concubina do doutor. O botequim já estava aberto e ela continuava assistindo à missa como uma perfeita senhora, sem se importar com o que se pensasse ou dissesse, como se tivesse esquecido o que lhe havia acontecido no primeiro domingo. Mas o fato é que dois meses depois não se voltou a vê-la na igreja.

Eu lembrava do doutor em nossa casa. Lembrava do seu bigode negro e retorcido e de sua maneira de olhar as mulheres com seus lascivos e cobiçosos olhos de cão. Mas lembro também que nunca me aproximei dele, talvez porque o visse como um animal estranho que se sentava à mesa depois que todos se levantavam e que se alimentava com a mesma erva que os burros comem. Por ocasião da doença de papai, há três anos, o doutor não havia saído da esquina uma só vez desde a noite em que negou sua assistência aos feridos e quando, seis anos atrás, negara também socorrer a mulher que dois dias depois seria sua concubina. O botequim foi fechado antes que o povoado tivesse proclamado a sentença contra o doutor. Sei, porém, que Meme continuou morando ali vários meses ou anos depois de fechada a taverna. Deve ter sido muito mais tarde quando ela desapareceu ou ao menos quando se soube que havia desaparecido, porque assim dizia o pasquim que apareceu pregado nesta porta. Segundo o pasquim, o doutor havia assassinado a concubina e a enterrado na horta, com medo de que o povo se servisse dela para envenená-lo. Mas cheguei a ver Meme antes do meu casamento. Há onze anos, quando voltava do rosário, a índia apareceu na porta de sua loja e me disse com o seu arzinho alegre e um pouco irônico: "Chabela, você vai se casar e não me contou nada."

....

— Sim — lhe digo —, a coisa devia ter sido assim.

Então estiro a corda, onde ainda se vê, em uma das pontas, a carne viva do laço recém-cortado a faca. Faço novamente o nó que meus homens cortaram para tirar o corpo e jogo uma das pontas por cima da viga, até deixar a corda pendente, presa, com bastante resistência para proporcionar muitas mortes iguais à deste homem. Enquanto se abana com o chapéu, o rosto transtornado pela sufocação e pela aguardente, olhando para a corda, calculando sua resistência, ele diz:

— É impossível que uma corda tão fina tenha podido suportar o peso do seu corpo.

E eu lhe digo:

— Essa mesma corda há muitos anos o sustentava na rede.

E ele puxa uma cadeira, me entrega o chapéu e suspende-se com a corda presa aos pulsos, o rosto congestionado pelo esforço. Depois volta a ficar em pé na cadeira, olhando o cabo pendente. Diz:

— É impossível. Este laço não dá para fazer a volta no meu pescoço.

E então compreendo que o que ele diz é deliberadamente ilógico, que ele está inventando trapaças para impedir o enterro.

Olho-o de frente, perscrutando-o, digo:

— Não notou por acaso que ele era pelo menos uma cabeça mais alto que o senhor?

Ele volta a olhar para o ataúde. Diz:

— De qualquer maneira, não estou seguro de que o tenha feito com esta corda.

Estou certo de que foi assim. E ele também sabe, mas tem o propósito de passar o tempo, com medo de comprometer-se. Percebe-se sua covardia nessa maneira de caminhar sem direção precisa. Uma covardia dupla e contraditória: para impedir a cerimônia e para autorizá-la. Então, quando chega diante do ataúde, gira sobre os calcanhares, me olha, diz:

— Eu teria que vê-lo dependurado para me convencer.

Eu o teria feito. Teria autorizado meus homens a abrir o caixão e voltar a pendurar o enforcado, como ele estava até há pouco. Mas isso seria demais para minha filha. Seria demais para o menino, que ela não devia ter trazido. Mesmo que me repugnasse tratar um morto dessa forma, ultrajar a carne indefesa, perturbar um homem pela primeira vez tranquilo dentro do seu caixão; mesmo que o fato de remover um cadáver que repousa serena e merecidamente em seu ataúde não fosse contra os meus princípios, teria mandado pendurá-lo de novo só para saber até onde é capaz de chegar este homem. Mas é impossível, e eu lhe digo:

— Pode estar certo de que não darei esta ordem. Se quiser, dependure-o o senhor mesmo e responsabilize-se pelo que possa acontecer. Lembre-se de que não sabemos há quanto tempo ele está morto.

Ele não se moveu. Continua junto do ataúde, olhando-me; depois olhando para Isabel e depois para o menino e depois outra vez para o ataúde. De repente sua expressão se torna sombria e ameaçadora. Diz:

— O senhor devia saber o que lhe pode acontecer por causa disso.

E eu compreendo o verdadeiro sentido de sua ameaça. Digo-lhe:

— Claro que sim. Sou um homem responsável.

E ele, agora com os braços cruzados, suando, caminhando até mim com estudados e cômicos movimentos que pretendem ser ameaçadores, diz:

— Eu poderia lhe perguntar como soube que este homem se havia enforcado esta noite.

Espero que chegue diante de mim. Permaneço imóvel, olhando-o, até que sua respiração morna e áspera me bate no rosto; até que ele para, ainda com os braços cruzados, movendo o chapéu atrás da axila. Então lhe digo:

— Quando me fizer esta pergunta em caráter oficial, terei muito prazer em responder-lhe.

Continua na minha frente, na mesma posição. Quando lhe falo, não se manifesta nele surpresa nem desconcerto. Diz:

— Claro, coronel. Pois é oficialmente que estou lhe perguntando.

Estou disposto a lhe dar toda a corda. Estou seguro de que, por muitas voltas que ele dê, terá que ceder diante de uma atitude férrea, mas paciente e tranquila. Digo-lhe:

— Estes homens tiraram o corpo porque eu não podia permitir que permanecesse ali, dependurado, até que o senhor se decidisse a vir. Há duas horas que lhe pedi que viesse e o senhor demorou todo esse tempo para caminhar duas quadras.

Não se move. Estou diante dele, apoiado na bengala, um pouco inclinado para a frente. Digo:

— Além disso, era meu amigo.

Antes que eu acabe de falar, ele sorri ironicamente, mas sem mudar de posição, jogando-me no rosto seu bafo espesso e azedo. Diz:

— É a coisa mais fácil do mundo, não é?

E subitamente deixa de sorrir. Diz:

— De maneira que o senhor sabia que este homem ia se enforcar.

Tranquilo, paciente, convencido de que ele só pretende confundir as coisas, lhe digo:

— Repito-lhe que o que primeiro fiz quando soube que ele havia se enforcado foi procurá-lo, e isso já faz mais de duas horas.

E como se eu tivesse feito uma pergunta e não uma afirmação, ele diz:

— Eu estava almoçando.

E eu lhe digo:

— Sei. Creio até que teve tempo de fazer a sesta.

E então ele não sabe o que dizer. Inclina-se para trás. Olha Isabel sentada junto do menino. Olha os homens e finalmente a mim. Mas agora sua expressão mudou. Parece decidir-se a fazer alguma coisa que lhe veio ao pensamento. Dá-me as costas, vai até onde se encontra o soldado e lhe diz algo. O soldado faz um gesto e sai da sala.

Então o alcaide me segura pelo braço e diz:

— Gostaria de falar com o senhor no outro quarto, coronel.

Agora sua voz mudou por completo. Agora está tensa e perturbada. E enquanto me dirijo ao quarto do lado, sentindo a pressão insegura de sua mão em meu braço, surpreende-me a ideia de que já sei o que ele vai me dizer.

Este quarto, ao contrário do outro, é amplo e fresco, inundado pela claridade do pátio. Aqui vejo seus olhos perturbados, seu sorriso que não corresponde à expressão do seu olhar. Escuto sua voz que me diz:

— Coronel, poderíamos resolver tudo isso de outro modo.

E eu, sem lhe dar tempo de terminar, lhe digo:

— Quanto?

E então ele se transforma num homem completamente diferente.

. . . .

Meme havia trazido um prato com doce e dois pãezinhos de sal, que aprendeu a fazer com minha mãe. O relógio já dera as nove horas. Meme estava sentada à minha frente, no quartinho dos fundos, e comia com fastio, como se o doce e os pãezinhos fossem apenas um recurso para prender a visita. Eu assim o compreendia e a deixava perder-se em seus labirintos, fundir-se no passado com esse entusiasmo nostálgico e triste que a fazia parecer, à luz do candeeiro que se consumia no balcão, muito mais maltratada e envelhecida do que no dia que entrou na igreja com o chapéu e os saltos altos. Estava claro que naquela noite Meme tinha desejos de recordar. E, enquanto o fazia, tinha-se a impressão de que durante os anos anteriores ela havia permanecido parada numa só idade estática e sem tempo e que aquela noite, ao recordar, punha outra vez em movimento seu tempo pessoal, e começava a padecer seu longamente adiado processo de envelhecimento.

Meme estava reta e sombria, falando daquele pitoresco esplendor feudal de nossa família nos últimos anos do século anterior, antes da guerra grande. Meme lembrava minha mãe. Recordou-se dela naquela noite em que eu voltava da igreja, quando me disse com seu arzinho brincalhão e um pouco irônico: "Chabela, você vai se casar e não me contou nada." Isso foi precisamente nos dias em que eu havia desejado minha mãe e procurava trazê-la com mais força à minha memória. "Era o seu retrato perfeito", disse. E eu realmente acreditava. Estava sentada diante da índia que falava com um sotaque mesclado de precisão e vacuidade, como se naquilo que recordava houvesse muito de uma incrível lenda, mas como se se lembrasse de boa-fé e até com a convicção de que o transcorrer do tempo havia convertido a lenda numa realidade remota, mas dificilmente capaz de ser esquecida. Falou-me da viagem dos meus pais durante a guerra, da áspera peregrinação que iria terminar com o estabelecimento da família em Macondo. Meus pais fugiam dos azares da guerra e procuravam um recanto próspero e tranquilo onde pudessem viver e ouviram falar do bezerro de ouro e vieram buscá-lo naquilo que então era um povoado em formação, fundado por várias famílias de refugiados, cujos membros se esmeravam tanto na conservação de suas tradições e nas práticas religiosas como na engorda dos seus porcos. Macondo foi para meus pais a Terra Prometida, a paz e o Velocino. Aqui encontraram o lugar apropriado para reconstruir a casa que poucos anos depois seria uma mansão rural, com três cavalariças e dois quartos para hóspedes. Meme recordava os detalhes sem nenhum arrependimento e falava das coisas mais extravagantes com um irreprimível desejo de vivê-las de novo ou com a dor que causava a evidência de que nunca mais voltaria a vivê-las. Não houve padecimentos nem privações na viagem, dizia. Até os cavalos dormiam sob mosquiteiros, não porque meu pai fosse um estroina ou um louco, mas porque minha mãe tinha um estranho senso de caridade, dos sentimentos humanitários, e considerava que a Deus parecia tão certo e bom o fato de livrar os homens dos pernilongos, como deles livrar os animais. Levavam a todas as partes sua extravagante e confusa carga: os baús repletos com a roupa dos mortos anteriores a eles próprios, dos antepassados que não poderiam ser encontrados nem a vinte braças dentro da terra; caixas cheias com os utensílios de cozinha que deixaram de usar muito tempo antes e que haviam pertencido aos mais remotos parentes de meus pais (eram primos-irmãos entre si) e até um baú repleto de santos com os quais reconstruíam o altar doméstico em cada lugar que visitavam. Era uma curiosa farândola de cavalos e galinhas e os quatro índios *guajiros* (companheiros de Meme), que haviam crescido em nossa casa e acompanhavam meus pais por toda a região, como amestrados animais de um circo.

Meme lembrava tudo isso com tristeza. Tinha-se a impressão de que considerava o passar do tempo como uma perda pessoal, como se tivesse percebido com o coração lacerado pelas lembranças que, se o tempo não tivesse passado, ela ainda estaria naquela peregrinação que para meus pais devia ter sido um castigo, mas que para os meninos tinha algo de festa, com espetáculos insólitos, como o dos cavalos debaixo dos mosqueteiros.

Depois tudo começou a acontecer às avessas, disse. A chegada ao nascente povoadozinho de Macondo, nos últimos dias do século, foi a de uma família devastada, desorganizada pela guerra, mas ainda presa a um esplendoroso passado recente. A índia lembrava-se de minha mãe quando chegou ao povoado, sentada de lado numa mula, grávida e com o rosto verde e empaludado, os pés inutilizados pela inchação. Talvez no espírito do meu pai amadurecesse a semente do ressentimento, mas vinha disposto a deitar raízes contra o vento e a maré, enquanto esperava que minha mãe tivesse esse filho que cresceu em seu ventre durante a travessia e que a ia matando progressivamente à medida que se aproximava a hora do parto.

A luz do candeeiro iluminava o perfil de Meme. E ela, com sua dura expressão de índia, seu cabelo liso e grosso como crina de cavalo ou cauda de cavalo, parecia um ídolo sentado, verde e espectral no ardente quartinho, falando como teria feito um deus que se pusesse a recordar sua antiga existência terrena. Nunca eu havia convivido intimamente com ela, mas nessa noite, depois daquela repentina e espontânea manifestação de intimidade, sentia que estava presa a ela por vínculos mais fortes do que os do sangue.

De repente, numa pausa da conversa de Meme, ouvi-o tossir no quarto. Neste mesmo aposento em que agora me encontro com o menino e meu pai. Tossiu com uma tosse seca e curta, escarrou em seguida e logo ouviu-se o inconfundível ruído que faz o homem quando se volta na cama. Meme calou-se instantaneamente e uma nuvem sombria e silenciosa escureceu seu rosto. Eu o havia esquecido. Durante o tempo que permaneci ali (já eram talvez dez horas) senti como se eu e a índia estivéssemos sozinhas na casa. Imediatamente mudou a tensão do ambiente. Senti o cansaço do braço em que sustinha, sem prová-los, o prato com o doce e os pães. Inclinei-me para a frente e disse: "Está acordado." Ela, agora imóvel, fria e completamente indiferente, disse: "Ficará acordado até de madrugada." E repentinamente compreendi o desencanto que se percebia em Meme quando recordava o passado de nossa casa. Nossas vidas haviam mudado, os tempos eram bons e Macondo um povoado ruidoso, no qual o dinheiro sobrava até para ser esbanjado nas noites de sábado, mas Meme vivia presa a um passado melhor. Enquanto lá fora se tosquiava o bezerro de ouro, aqui dentro, no quartinho dos fundos do botequim, sua vida era estéril, anônima, o dia inteiro por detrás do balcão e à noite ao lado de um homem que não dormia até de madrugada, que passava o tempo dando voltas na casa, olhando para ela cobiçosamente, com aqueles olhos lascivos de cão que nunca pude esquecer. Comovia-me imaginar Meme com este homem que uma noite se negou a lhe prestar ajuda e que continuava sendo um animal duro, sem amargura nem compaixão, todos os dias entregue a um impenitente passeio pela casa capaz de tirar o juízo da pessoa mais equilibrada.

Recobrado o tom da voz, sabendo que ele estava aqui, acordado, talvez abrindo seus cobiçosos olhos de cão cada vez que nossas vozes ressoavam no quarto, procurei mudar de assunto.

— E como vai você com o negócio? — disse.

Meme sorriu. Seu sorriso era triste e taciturno, como se não fosse o resultado de um sentimento atual, mas como se o tivesse guardado na gaveta e só tirasse nos momentos indispensáveis, mas usando-o sem nenhuma propriedade, como se o uso pouco frequente do sorriso lhe houvesse feito esquecer a maneira normal de utilizá-lo.

— Assim, assim — disse, balançando a cabeça de uma forma ambígua, e voltou a ficar silenciosa, abstrata.

Então compreendi que era hora de me despedir. Entreguei o prato a Meme, sem dar nenhuma explicação pelo fato de que o seu conteúdo continuava intacto, e a vi levantar-se e colocá-lo no balcão. Olhou-me dali e repetiu:

— Você é o retrato perfeito dela.

Sem dúvida eu estava sentada contra a luz, nublada pela claridade do outro lado, e Meme não via meu rosto enquanto falava. Mas quando se levantou para colocar o prato no balcão, por detrás da chama, viu-me de frente e foi por isso que disse: "Você é o retrato perfeito dela." E veio sentar-se.

Então começou a lembrar os dias logo que minha mãe chegou a Macondo. Fora diretamente da mula para a cadeira de balanço e ali havia ficado sentada durante três meses, sem se mover, alimentando-se sem vontade. Às vezes recebia o almoço e até metade da tarde ficava com o prato na mão, rígida, sem se balançar, com os pés numa cadeira, sentindo a morte crescer neles, até que alguém chegava e lhe tirava o prato das mãos. Quando chegou o dia, as dores do parto tiraram-na do seu abandono e ela mesma ficou de pé, mas foi necessário ajudá-la a caminhar os vinte passos que separam o corredor do quarto de dormir, martirizada pela ocupação de uma morte que se havia instalado nela em nove meses de silencioso padecimento. Sua caminhada da cadeira de balanço até o leito teve toda a dor, a amargura e as penas que não teve a viagem de poucos meses atrás, mas ela chegou aonde sabia que devia chegar antes de cumprir o último ato de sua vida.

Meu pai parecia desesperado com a morte da minha mãe, disse Meme. Mas, segundo ele mesmo disse depois, quando ficou sozinho em casa, "ninguém pode confiar na honestidade de um lar no qual o homem não tem a seu lado uma mulher legítima". Como havia lido num livro que quando morre uma pessoa amada deve-se plantar um jasmineiro para que se possa recordá-la todas as noites, plantou a trepadeira perto do muro do pátio e um ano depois casou-se em segundas núpcias com Adelaida, minha madrasta.

Às vezes eu pensava que Meme ia chorar enquanto falava. Mas manteve-se firme, satisfeita por estar expiando a falta de haver sido feliz e haver deixado de sê-lo por sua livre vontade. Depois sorriu. E depois estirou-se na cadeira e humanizou-se por completo. Foi como se mentalmente tivesse conferido as contas da sua dor, quando se inclinou para a frente e viu que ainda lhe restava um saldo favorável de boas lembranças, e então sorriu com sua antiga simpatia, ampla e brincalhona. Disse que o caso com o outro havia começado cinco anos depois, quando chegou à sala onde meu pai almoçava e lhe disse: "Coronel, coronel, tem um forasteiro no escritório procurando pelo senhor."

ATRÁS DA IGREJA, do outro lado da rua, havia um pátio sem árvores. Isso foi em fins do século passado, quando chegamos a Macondo e ainda não haviam começado a construção da igreja. Eram terrenos desertos, áridos, onde os meninos brincavam quando saíam da escola. Depois, quando se iniciou a construção da igreja, cravaram-se quatro vigas de um lado do pátio e viu-se que o espaço cercado era bom para se fazer um quarto. E o fizeram. E guardaram nele os materiais da igreja em construção.

Quando terminaram os trabalhos da igreja, alguém acabou de levantar as paredes de barro do quartinho e abriu uma porta na parede posterior, que dava para o pequeno pátio deserto e pedregoso onde não crescia sequer um pé de pita. Um ano depois, o quarto já estava construído para ser habitado por duas pessoas. Dentro, sentia-se um cheiro de cal viva, e esse era o único cheiro agradável que se havia sentido durante muito tempo nesse espaço e o único assim agradável que nunca mais seria sentido. Depois que caiaram as paredes, a mesma mão que terminara a construção correu a tranca na porta de dentro e botou cadeado na que dava para a rua.

O quarto não tinha dono. Ninguém se preocupou em defender seus direitos sobre ele nem sobre o terreno nem sobre os materiais de construção. Quando chegou o primeiro pároco, hospedou-se numa das famílias ricas de Macondo. Mas logo depois era transferido para outra paróquia. Nesses dias, porém (e possivelmente antes que o primeiro pároco fosse embora), uma mulher com uma criança de peito havia ocupado o quartinho, sem que ninguém soubesse quando ali chegou, nem de onde veio, nem como fez para abrir a porta. Havia num canto uma talha negra e esverdeada pelo limo e um jarro pendurado num prego, mas já não havia cal nas paredes. No pátio, sobre as pedras, havia-se formado uma crosta de terra endurecida pela chuva. A mulher construiu com ramos uma cobertura para proteger-se do sol. E, como não tinha recursos para cobrir o quarto com um teto de palha, telha ou zinco, plantou uma parreira junto à ramagem e pendurou um ramo de babosa e um pão na porta da rua, para se precaver contra o mau-olhado.

Quando se anunciou a chegada do novo pároco, em 1903, a mulher continuava morando no quarto com o menino. Metade da população foi para a estrada real, esperar a vinda do sacerdote. A banda rural ficou tocando peças sentimentais até que chegou um rapaz, arquejante, quase sem fôlego, dizendo que a mula do pároco já estava na última curva do caminho. Então os músicos mudaram de posição e começaram a tocar uma marcha. O encarregado de fazer o discurso de boas-vindas subiu ao palanque improvisado e esperou que o pároco aparecesse para iniciar a sua saudação. Um momento depois, porém, interrompeu-se a marcha, o orador desceu do palanque e a multidão atônita viu passar um forasteiro, montado numa mula em cujas ancas se equilibrava o maior baú jamais visto em Macondo. O homem passou distante da multidão, sem olhar para ninguém. Mesmo que o pároco tivesse posto roupas civis para fazer a viagem, a ninguém poderia ocorrer que aquele viajante de cor bronzeada, com perneiras militares, fosse um sacerdote vestido de paisano.

E na realidade não era, porque nessa mesma hora, pelo atalho, do outro lado do povoado, viram chegar um padre estranho, espantosamente magro, de rosto seco e esticado, escarranchado numa mula, a batina erguida até os joelhos e protegido do sol por um guarda-chuva desbotado e maltratado. O padre, nas imediações da igreja, perguntou onde ficava a residência paroquial, e deve ter perguntado a alguém que não tinha a menor ideia de nada, porque lhe foi respondido: "É o quartinho que está detrás da igreja, padre." A mulher havia saído, mas o menino brincava lá dentro, atrás da porta entreaberta. O sacerdote desmontou, empurrou até o quarto uma maleta inchada, meio aberta e sem fechadura, presa apenas por um cinturão de couro diferente da própria maleta, e depois de haver examinado o quartinho amarrou a mula no pátio, à sombra da videira. Depois abriu a maleta, tirou uma rede que devia ter a mesma idade e o mesmo uso do guarda-chuva, pendurou-a diagonalmente no quarto, de viga a viga, descalçou as botinas e procurou dormir, sem se preocupar com o menino que o olhava com os redondos olhos espantados.

Quando a mulher voltou deve ter-se sentido embaraçada com a estranha presença do sacerdote, cujo rosto era tão inexpressivo que em nada se diferenciava de uma caveira de vaca. A mulher deve ter atravessado o quarto na ponta dos pés. Deve ter carregado a cama de vento até a porta e feito um embrulho da sua roupa e dos trapos do menino e saído do quarto confusa, sem se preocupar sequer com a talha e o jarro, porque uma hora depois, quando a comitiva percorreu o povoado no sentido inverso, precedida pela banda que tocava marcialmente entre os meninos da escola, encontraram o pároco sozinho no pequeno quarto, estirado negligentemente na rede, a sotaina desabotoada, e sem sapatos. Alguém deve ter levado a notícia à estrada real, mas a ninguém ocorreu perguntar o que fazia o pároco naquele quarto. Pensaram talvez que ele tinha algum parentesco com a mulher, assim como esta deve ter abandonado o quartinho porque acreditou que o pároco tinha ordens de ocupá-lo ou que era de propriedade da igreja, ou simplesmente por temor de que lhe perguntassem por que havia vivido mais de dois anos num quarto que não lhe pertencia, sem pagar aluguel e sem autorização de pessoa alguma. Também não ocorreu à comitiva pedir explicações, nem nesse momento nem em nenhum outro momento posterior, porque o pároco não aceitou os discursos, colocou os presentes no chão e limitou-se a saudar com frieza os homens e as mulheres, às pressas, porque, segundo disse, "não havia dormido a noite inteira".

Diante daquela fria recepção por parte do sacerdote, o mais estranho que jamais haviam visto, a comitiva dissolveu-se. A gente notou que o rosto do padre parecia uma caveira de vaca, que tinha o cabelo cinzento, cortado rente, e que não tinha lábios, apenas uma abertura horizontal que não parecia estar no lugar da boca desde seu nascimento, parecendo ter sido feita posteriormente, com uma só e rápida punhalada. E antes do amanhecer já todos sabiam quem era ele. Lembraram-se de havê-lo visto com a atiradeira e a pedra, nu, mas de sapatos e chapéu, nos tempos em que Macondo era um humilde casario de refugiados. Os mais velhos recordavam suas atuações na guerra civil do ano de 85. Lembravam-se de que havia sido coronel aos dezessete anos, e que era intrépido, obstinado e antigovernista. Só que em Macondo ninguém mais soubera dele até esse dia em que voltava para tomar conta da paróquia. Muitos poucos se lembravam do seu nome de batismo. Em compensação, a maioria dos veteranos lembrava-se do nome que lhe pôs sua mãe (porque era voluntarioso e rebelde) e que foi o mesmo com que depois o conheceram seus companheiros na guerra. Todos o chamavam: O *Cachorro*. E assim continuou a ser chamado em Macondo até a hora da sua morte:

— *Cachorro, Cachorrinho.*

....

Assim, pois, este homem chegou à nossa casa no mesmo dia e quase à mesma hora em que o *Cachorro* chegava a Macondo. Aquele, pela estrada real, quando ninguém o esperava nem se tinha a menor ideia a respeito do seu nome ou do seu ofício; o pároco, pelo atalho, quando na estrada real o aguardava todo o povo.

Voltei a casa depois da recepção. Tínhamos acabado de sentar à mesa — um pouco mais tarde que de costume — quando Meme se aproximou para me dizer:

— Coronel, Coronel, um forasteiro está chamando o senhor no escritório.

Eu disse:

— Que entre.

E Meme disse:

— Está no escritório e disse que precisa vê-lo com urgência.

Adelaida interrompeu a sopa que estava dando a Isabel (ela não tinha então mais de cinco anos) e foi atender ao recém-chegado. Voltou instantes depois, visivelmente preocupada:

— Está dando voltas no escritório — disse.

Vi-a caminhar por detrás dos candelabros. Depois voltou a dar sopa a Isabel.

— Você devia ter mandado ele entrar — disse, sem deixar de comer.

E ela disse:

— Era o que pretendia fazer. Mas ele estava dando voltas no escritório quando cheguei e lhe disse boa-tarde, e ele não respondeu porque estava olhando na mísula a bailarina de corda. E, quando eu ia dizer novamente boa-tarde, ele começou a dar corda na bailarina, colocou-a depois na escrivaninha e ficou vendo como ela dançava. Não sei se foi a musiquinha que não o deixou ouvir quando lhe disse de novo boa-tarde e fiquei parada diante da escrivaninha sobre a qual ele estava inclinado, vendo a bailarina que ainda só tinha corda para mais alguns segundos.

Adelaida estava dando sopa a Isabel. Eu lhe disse:

— Deve estar muito interessado no brinquedo.

E ela, ainda dando sopa a Isabel:

— Estava dando voltas no escritório, mas depois, quando viu a bailarina, apanhou-a como se de antemão soubesse para que servia, como se conhecesse seu funcionamento. Estava dando corda no brinquedo quando eu lhe disse boa-tarde pela primeira vez, antes que a musiquinha começasse a tocar. Então, colocou-a sobre a escrivaninha e ficou olhando-a, mas sem sorrir, como se não tivesse interessado na dança, mas no mecanismo.

Nunca me anunciavam ninguém. Quase todos os dias chegavam visitas: viajantes conhecidos que deixavam os animais na cocheira e vinham com inteira confiança, com a familiaridade de quem espera encontrar, sempre, um lugar desocupado em nossa mesa. Eu disse a Adelaida:

— Deve ter trazido algum recado ou coisa assim.

E ela disse:

— De qualquer maneira, achei seu comportamento muito esquisito. Olhando a bailarina até que a corda acabasse e, enquanto isso, eu parada diante da escrivaninha, sem saber o que lhe dizer, porque sabia que ele não iria me responder enquanto a musiquinha estivesse tocando. Depois, quando a bailarinazinha deu aquele saltinho que sempre dá quando a corda acaba, ele ainda continuou olhando-a com curiosidade, inclinado sobre a escrivaninha, mas sem se sentar. Então me olhou e percebi que sabia que eu estava no escritório, mas que não havia me prestado atenção porque queria saber quanto tempo a bailarinazinha ia ficar dançando. Mas então não voltei a lhe dizer boa-tarde, mas apenas sorri quando ele me olhou e vi que tem os olhos enormes, com as pupilas amarelas, e que parecem olhar ao mesmo tempo todo o nosso corpo. Quando lhe sorri, ele continuou sério, mas fez uma inclinação com a cabeça, muito formal, e disse: "O coronel? É com o coronel que preciso falar." Tem a voz cava, como se pudesse falar com a boca fechada. Como se fosse um ventríloquo.

Ela estava dando a sopa a Isabel. Continuei almoçando, porque pensava que se tratava apenas de um recado; porque não sabia que nesta tarde estavam começando as coisas que hoje acabam.

Adelaida continuou dando a sopa a Isabel e disse:

— A princípio, estava dando voltas no escritório.

Então compreendi que o forasteiro a havia impressionado de uma maneira pouco comum e que tinha um interesse especial em que eu o atendesse. Mas continuei almoçando enquanto ela dava a sopa a Isabel e falava. Disse:

— Depois, quando disse que queria ver o coronel, foi aí que eu lhe disse, tenha a bondade de vir até a sala de jantar, e ele ficou onde estava, com a bailarina na mão. Então levantou a cabeça e ficou rígido e firme como um soldado, assim me pareceu, porque traz botas compridas e uma roupa de pano ordinário, com a camisa abotoada até o pescoço. Eu não sabia o que dizer quando ele não respondeu nada e ficou quieto, com o brinquedo na mão, como se estivesse esperando que eu saísse do escritório para lhe dar corda novamente. Foi então que ele me pareceu algum conhecido, quando percebi que se tratava de um militar.

Eu lhe disse:

— Então você acha que é alguma coisa grave.

Olhei-a por cima dos candelabros. Ela não me olhava. Estava dando a sopa a Isabel. Disse:

— Pois quando cheguei ele estava dando voltas no escritório, de maneira que não lhe pude ver o rosto. Mas depois, quando ficou parado no fundo, vi que tinha a cabeça tão erguida e os olhos tão fixos que então me pareceu um militar e lhe disse o senhor quer ver o coronel em particular, não é isso? Ele confirmou com a cabeça. Então vim lhe dizer que ele me lembra alguém, ou melhor, que é a mesma pessoa com quem se parece, embora eu não compreenda por que veio.

Continuei almoçando, mas a olhava por cima dos candelabros. Ela deixou de dar a sopa a Isabel. Disse:

— Estou certa de que não se trata apenas de um recado. Estou segura de que ele não apenas se parece, mas é a mesma pessoa com quem se parece. Estou segura, melhor dizendo, de que é um militar. Tem um bigode preto e pontudo e o rosto cobreado. Usa botas compridas e estou segura de que não é a pessoa com quem se parece, mas a própria pessoa com quem se parece.

Ela falava num tom uniforme, monótono, persistente. Fazia calor e talvez por isso comecei a ficar irritado. Disse-lhe:

— Mas afinal, com quem ele se parece?

E ela disse:

— Quando estava dando voltas no escritório, não vi o seu rosto; só depois.

E eu, irritado com a monotonia e persistência de suas palavras:

— Bem, bem, quando acabar de almoçar vou vê-lo.

E ela, outra vez dando a sopa a Isabel:

— A princípio não pude ver o seu rosto porque ele estava dando voltas no escritório. Mas depois, quando lhe disse tenha a bondade de entrar, ele ficou quieto, encostado à parede, com a bailarina na mão. Então foi que me lembrei com quem ele se parecia e vim te avisar. Tem os olhos enormes e indiscretos e, quando lhe dei as costas para sair, senti que ele estava olhando diretamente para as minhas pernas.

Calou-se de repente e na sala de jantar ficou o tilintar metálico da colher. Eu acabei de almoçar e pus o guardanapo debaixo do prato.

Nisso ouviu-se, no escritório, a musiquinha festiva do brinquedo de corda.

NA COZINHA DA CASA há um velho banco de madeira lavrada, sem travessões, em cujo assento rasgado meu avô bota os sapatos para secar, junto ao fogão.

Tobias, Abraão, Gilberto e eu deixamos a escola, ontem a esta mesma hora, e fomos para as plantações levando um estilingue, um chapéu grande para apanhar passarinhos e uma navalha nova. Pelo caminho, eu ia me lembrando do assento imprestável, encostado num canto da cozinha, e que em certo tempo serviu para receber as visitas e agora é utilizado pelo morto que todas as noites ali se senta, de chapéu, para olhar as cinzas do fogão apagado.

Tobias e Gilberto foram até o final da nave escura. Como havia chovido durante a manhã, seus sapatos escorregavam na grama enlameada. Um deles assoviava e o assovio duro e reto ressoava no socavão vegetal da mesma maneira como alguém começa a cantar dentro de um tonel. Abraão vinha atrás, ao meu lado. Ele com o estilingue e a pedra pronta para ser disparada. Eu com a navalha aberta.

De repente, o sol rompeu o teto de folhas unidas e duras e um corpo de claridade caiu adejando sobre a grama, como um pássaro vivo.

— Viu? — perguntou Abraão.

Olhei para a frente e vi Gilberto e Tobias no final da nave.

— Não é um passarinho — disse. — Foi apenas o sol que saiu com força.

Quando chegaram à praia começaram a despir-se e dar fortes pontapés nessa água crepuscular que não lhes parecia molhar a pele.

— Não há um só passarinho esta tarde — disse Abraão.

— Quando chove, não há passarinhos — disse. E eu mesmo acreditei então nisso. Abraão começou a rir. Seu riso é bobo e simples e faz um ruído como o de um fio de água numa pia. Despiu-se.

— Vou mergulhar n'água com a navalha e encherei o chapéu de peixes — disse.

Abraão estava nu diante de mim, a mão aberta, esperando a navalha. Não respondi logo. Tinha a navalha bem segura e sentia na mão seu aço limpo e temperado. "Não vou dar a navalha a ele", pensei. E lhe disse:

— Não lhe vou dar a navalha. Só estou com ela desde ontem e vou ficar toda a tarde.

Abraão continuou com a mão estendida. Então lhe disse:

— Incomploruto.

Abraão me compreendeu. Somente ele compreende minhas palavras:

— Está bem — disse, e caminhou para a água através do ar espesso e acre. Disse:

— Comece a tirar a roupa, que vamos esperar você na pedra.

Disse isto enquanto mergulhava e voltava a sair da água reluzente como um enorme peixe prateado, como se ao seu contato a água se tivesse tornado líquida.

Continuei na margem, encostado no barro morno. Quando abri novamente a navalha, deixei de olhar Abraão e levantei a vista diretamente para o outro lado, acima das árvores, até o furioso entardecer cujo céu tinha a monstruosa imponência de um estábulo incendiado.

— Depressa — disse Abraão do outro lado. Tobias estava assoviando na pedra. Então, pensei: "Hoje não vou entrar n'água. Amanhã."

Quando voltávamos, Abraão escondeu-se detrás do espinheiro. Eu ia persegui-lo, mas ele me disse:

— Não venha aqui. Estou ocupado.

Fiquei do lado de fora, sentado nas folhas mortas do caminho, vendo a solitária andorinha que riscava uma curva no céu.

— Esta tarde tem apenas uma andorinha.

Abraão não respondeu logo. Estava calado, atrás do espinheiro, como se não pudesse ouvir-me, como se estivesse lendo. Seu silêncio era profundo e concentrado, cheio de uma recôndita força. Só depois de um longo silêncio é que suspirou. Então, disse:

— Andorinhas.

E eu voltei a lhe dizer:

— Esta tarde tem apenas uma andorinha.

Abraão continuava atrás do espinheiro, mas não se sabia o que estava fazendo. Continuava silencioso e concentrado, mas sua quietude não era estática. Era uma imobilidade desesperada e impetuosa. Depois de alguns instantes, disse:

— Só uma? Ah, sim. Claro, claro.

Eu não disse nada. Foi ele quem começou a mover-se atrás da moita. Sentado nas folhas, eu sabia onde ele se encontrava pelo barulho das folhas mortas sob seus pés. Depois voltou a ficar silencioso, como se tivesse ido embora. Mas logo respirou profundamente e perguntou:

— Que é que você está dizendo?

Voltei a lhe dizer:

— Que esta tarde tem só uma andorinha.

E, enquanto o dizia, vi a asa curvada, traçando círculos no céu de um incrível azul.

— Está voando alto — disse.

Abraão respondeu logo:

— Ah, sim, claro. Então deve ser por isso.

Saiu de detrás do espinheiro, abotoando as calças. Olhou para cima, onde a andorinha continuava traçando círculos, e, sem me olhar, disse:

— Que era que você me dizia agora há pouco das andorinhas?

Isso nos atrasou. Quando chegamos, já estavam acesas as luzes do povoado. Entrei correndo em casa e tropecei no corredor com as mulheres gordas e cegas, gêmeas de São Jerônimo, e que todas as quartas-feiras vêm cantar para meu avô, mesmo antes do meu nascimento, segundo disse minha mãe.

A noite inteira estive pensando que hoje voltaríamos a fugir da escola e iríamos ao rio, mas não com Gilberto e Tobias. Quero ir só com Abraão, para ver o brilho do seu ventre quando mergulha e volta a aparecer como um peixe metálico. A noite inteira senti vontade de voltar com ele, sozinho pela escuridão do túnel verde, para lhe roçar a coxa enquanto estivermos caminhando. Sempre que o faço sinto como se alguém me mordesse com pequenas dentadas suaves, que me arrepiam a pele.

Se este homem que foi conversar com meu avô na outra sala voltar logo, talvez possamos estar em casa antes das quatro. Então irei ao rio com Abraão.

. . . .

Ficou morando em nossa casa. Ocupou um dos quartos do corredor, o que dá para a rua, porque eu achei conveniente assim; porque sabia que um homem do seu caráter não teria jeito de acomodar-se no hotelzinho do povoado. Pôs um aviso na porta (até bem poucos anos, quando caiaram a casa, ainda continuava no mesmo lugar, escrito a lápis por ele mesmo) e na semana seguinte foi preciso levar novas cadeiras para atender às exigências de uma numerosa clientela.

Depois que ele me entregou a carta do Coronel Aureliano Buendía, nossa conversa no escritório prolongou-se de tal maneira que Adelaida não duvidou mais de que se tratava de um alto funcionário militar em importante missão e arrumou a mesa como para uma festa. Falamos do Coronel Buendía, de sua filha de sete meses e do primogênito atoleimado. Logo no início da nossa conversa percebi que aquele homem conhecia muito bem o Intendente-Geral e que o estimava num grau suficiente para corresponder à sua confiança. Quando Meme veio nos dizer que a mesa estava posta, pensei que minha esposa havia improvisado alguma coisa para receber o recém-chegado. Mas estava muito distante da improvisação aquela mesa esplêndida, coberta com uma toalha nova, com a louça chinesa destinada exclusivamente às ceias familiares do Natal e do Ano-Novo.

Adelaida estava solenemente sentada numa das cabeceiras, com o vestido de veludo fechado até o pescoço, o mesmo que usava antes do nosso casamento para atender aos compromissos da sua família na cidade. Adelaida tinha hábitos mais refinados que nós, certa experiência social que desde o nosso casamento começou a influir nos costumes da casa. Pusera o medalhão familiar, que ostentava em momentos de excepcional importância, e toda ela, como a mesa, como os móveis, como o ar que se respirava na sala de jantar, causava uma severa sensação de compostura e limpeza. Quando chegamos ao salão, ele próprio, que sempre fora tão descuidado no vestir e nos modos, deve ter se sentido envergonhado e fora do seu ambiente, porque passou a mão no botão do colarinho, como se estivesse de gravata, e percebia-se uma ligeira perturbação no seu andar despreocupado e forte. Não me lembro de nada com tanta precisão como desse instante quando irrompemos na sala de jantar e eu mesmo me senti vestido com demasiada domesticidade para me sentar a uma mesa como aquela que Adelaida havia preparado.

Havia nos pratos carne de vaca e de caça, tudo igual ao que se costumava comer naqueles tempos; mas sua apresentação, na louça nova, entre os candelabros recém-polidos, era espetacular e diferente do costume. Apesar da minha mulher saber que só iríamos receber um único visitante, dispôs na mesa os oito serviços, e a garrafa de vinho, no centro, era uma exagerada manifestação da diligência com que havia preparado a homenagem ao homem que ela, desde o primeiro instante, confundiu com uma ilustre autoridade militar. Nunca vi em minha casa um ambiente assim tão carregado de irrealidade.

A indumentária de Adelaida poderia parecer ridícula não fossem suas mãos (eram realmente formosas e muito brancas) que equilibravam com a sua real distinção o muito de falso e arrumado que existia em seu aspecto. Foi quando ele corrigiu o botão da camisa e vacilou, quando me antecipei para apresentar:

— Minha esposa em segundas núpcias, *doutor*.

Uma nuvem escureceu o rosto de Adelaida e o tornou diferente e sombrio. Ela não se moveu de onde estava, a mão estendida, sorrindo, mas já não mais com o ar cerimonioso que mostrava quando entramos na sala de jantar.

O recém-chegado bateu os tacões da bota, como um militar, tocou a têmpora com a ponta dos dedos e encaminhou-se para onde ela se encontrava:

— Minha senhora — disse. Mas não pronunciou nenhum nome.

Só quando o vi estreitar a mão de Adelaida com uma sacudidela desajeitada, é que percebi a vulgaridade do seu comportamento.

Sentou-se no outro extremo da mesa, entre os cristais novos, entre os candelabros. Sua presença desajeitada ressaltava como uma mancha de sopa na toalha.

Adelaida serviu o vinho. Sua emoção inicial havia-se transformado num nervosismo passivo que parecia dizer: *Está bem, tudo será feito como fora previsto, mas você me deve uma explicação.* E foi depois que ela serviu o vinho e sentou-se no outro extremo da mesa, enquanto Meme começava a servir os pratos, foi aí que ele se inclinou para trás, na cadeira, apoiou as mãos na toalha e disse, sorrindo:

— Por favor, senhorita, rogo-lhe mandar cozinhar um pouco de erva e me trazer, como se fosse sopa.

Meme não se moveu. Ia rir, mas não chegou a fazê-lo. Voltou-se para Adelaida e ela, também sorrindo, mas visivelmente desconcertada, lhe perguntou:

— Que espécie de erva, doutor?

E ele, com a sua pausada voz de ruminante:

— Capim, minha senhora. Desse que os burros comem.

HÁ UM MINUTO em que a sesta se esgota. Até a secreta, recôndita, minúscula atividade dos insetos cessa nesse preciso instante; detém-se o curso da natureza; a criação cambaleia na beira do caos e as mulheres se levantam, babando com a flor do travesseiro bordada na face, sufocadas pela temperatura e pelo rancor; e pensam: "Ainda é quarta-feira em Macondo." E então voltam a acocorar-se num canto, juntam o sonho com a realidade e concordam em tecer o cochicho como se fosse uma imensa rede de fios elaborada em comum por todas as mulheres do povoado.

Se o tempo aqui dentro tivesse o mesmo ritmo do lá de fora, agora estaríamos sob o sol a pino, com o ataúde no meio da rua. Lá fora seria mais tarde: já seria noite. Seria uma pesada noite de setembro, com lua e mulheres sentadas nos pátios, conversando sob a claridade verde, e na rua, nós, os três renegados, sob o sol a pino deste sedento setembro. Ninguém impedirá a cerimônia. Esperei que o alcaide fosse inflexível na sua determinação de opor-se a ela e que poderíamos voltar a casa; o menino, para a escola e meu pai aos seus tamancos, à sua bacia de água fresca e, do lado esquerdo, o seu copo de limonada gelada. Mas agora é diferente. Meu pai foi mais uma vez suficientemente persuasivo para impor seu ponto de vista acima do que a princípio acreditei ser uma irrevogável determinação do alcaide. Lá fora está o povoado em ebulição, entregue ao labor de um longo, uniforme e impiedoso cochicho; e a rua vazia, sem uma só sombra na poeira limpa e virgem desde que o último vento varreu a pegada do último boi. É um povoado sem ninguém, com as casas fechadas e em cujos quartos ouve-se apenas o surdo fervedouro das palavras pronunciadas com ódio. No quarto, o menino sentado, teso, olhando os sapatos; tem um olho para a lâmpada e outro para os jornais e outro para os sapatos e, finalmente, dois para o enforcado, para sua língua mordida, para os seus vidrados olhos de cão agora já sem cobiça; de cão sem apetites, morto. O menino olha-o, pensa no enforcado que está estendido sob as tábuas; faz um gesto triste e então tudo se transforma: puxa um tamborete para a porta da barbearia e por detrás da armação com espelho, os talcos e a água-de-colônia. A mão se torna sardenta e grande, deixa de ser a mão de meu filho, transforma-se numa mão grande e ágil que, friamente, com calculada moderação, começa a amolar a navalha enquanto o ouvido escuta o zumbido metálico da lâmina temperada, e a cabeça pensa: "Hoje chegarão mais cedo, pois é quarta-feira em Macondo." E então chegam, acomodam-se nos bancos, na sombra, torvos, estrábicos, as pernas cruzadas, as mãos entrelaçadas sobre os joelhos, mastigando fumo de rolo, falando da mesma coisa, vendo, diante deles, a janela fechada, a casa silenciosa com a Sra. Rebeca lá dentro. Ela também se esqueceu de alguma coisa: esqueceu-se de desligar o ventilador e anda pelos quartos de janelas enteladas, nervosa, exaltada, revolvendo os trastes de sua estéril e atormentada viuvez, para convencer-se até com o sentido do tato de que não morrerá antes que chegue a hora do enterro. Está abrindo e fechando as portas dos seus quartos, esperando que o relógio patriarcal acorde da sesta e lhe agasalhe os sentidos com o toque das três horas. Tudo isso, enquanto o gesto do menino se conclui e ele volta a ficar duro, reto sem gastar sequer a metade do tempo de que uma mulher necessita para dar um último ponto na máquina e erguer a cabeça cheia de papelotes. Antes de o menino voltar a ficar reto, pensativo, a mulher rodou a máquina até o canto do corredor e os homens morderam duas vezes o fumo enquanto observam uma ida e volta completa da navalha no amolador; e Águeda, a paralítica, faz um último esforço para despertar os joelhos mortos; e a Sra. Rebeca dá uma nova volta na fechadura e pensa: "Quarta-feira em Macondo. Um bom dia para enterrar o diabo." Mas, então, o menino volta a mover-se e há uma nova transformação no tempo. Enquanto alguma coisa se mover sabe-se que o tempo passou. Antes, não. Antes que alguma coisa se mova é o tempo eterno, o suor, a camisa grudada na pele e o morto insubornável e gelado por detrás de sua língua mordida. Por isso é que o tempo não passa para o enforcado: porque mesmo que a mão do menino esteja se movendo, ele não o sabe. E enquanto o morto o ignora (porque o menino continua movendo a mão) Águeda deve ter passado uma nova conta no rosário; a Sra. Rebeca, estendida na espreguiçadeira, está perplexa, vendo que o relógio continua fixo no limite do iminente minuto, e Águeda teve tempo (mesmo que no relógio da Sra. Rebeca o segundo ainda não haja transcorrido) de passar uma nova conta no rosário e pensar: "Se eu pudesse iria procurar Padre Ángel." Depois a mão do menino desce e a navalha aproveita o movimento no amolador e um dos homens, sentado onde está mais fresco, diz: "Já devem ser umas três e meia, não é?" Então a mão se detém. Mais uma vez o relógio morto na borda do minuto seguinte, outra vez a navalha parada no espaço do seu próprio aço; e Águeda ainda esperando o novo movimento da mão para estirar as pernas e irromper na sacristia, com os braços abertos, os joelhos novamente dinâmicos, dizendo: "Padre, padre." E Padre Ángel, prostrado na quietude do menino, passando a língua nos lábios para sentir o viscoso sabor do pesadelo de almôndega, vendo Águeda, diria então: "Deve ser um milagre, não resta dúvida", e logo, revolvendo-se outra vez no torpor da sesta, choramingando na sesta suarenta e babosa: "De qualquer maneira, Águeda, isto não é hora de rezar missa para as almas do purgatório." Mas o novo movimento se frustra, meu pai entra na sala e os dois tempos se reconciliam; as duas metades se ajustam, consolidam-se, e o relógio da Sra. Rebeca dá-se conta de que esteve confundido entre a tranquilidade do menino e a impaciência da viúva, e então boceja, ofuscado, mergulha na prodigiosa quietude do momento, e depois sai escorrendo de tempo líquido, do tempo exato e retificado, e inclina-se para a frente e diz com cerimoniosa dignidade:

— São exatamente duas e quarenta e sete minutos.

E meu pai, que sem saber rompeu a paralisia do momento, diz:

— Você está nas nuvens, minha filha?

E eu digo:

— O senhor acredita que possa acontecer alguma coisa?

E ele, suarento, sorridente:

— De uma coisa, pelo menos, estou seguro: de que em muitas casas se queimará arroz e se derramará leite.

....

Agora o ataúde está fechado, mas eu me lembro da cara do morto. Retive-a com tanta precisão que, se olho para o muro, vejo os olhos abertos, as faces esticadas e cinzentas como a terra úmida, a língua mordida de um lado da boca. Isso me causa uma ardente sensação de intranquilidade. Talvez as calças nunca mais deixem de me apertar um lado da perna.

Meu avô sentou-se junto da minha mãe. Quando voltou do quarto ao lado, puxou uma cadeira e agora permanece aqui, sentado junto dela, sem dizer nada, a barba apoiada na bengala e a perna coxa estirada. Meu avô espera. Minha mãe, como ele, também espera. Os homens que deixaram de fumar na cama e permanecem quietos, compostos, sem olhar para o ataúde, também eles esperam.

Se me tivessem vendado os olhos, se me tivessem levado pela mão e me tivessem dado vinte voltas pelo povoado e voltassem a me trazer a este quarto, eu o reconheceria pelo cheiro. Jamais esquecerei que este quarto cheira a sobras, a baús amontoados, e contudo só vi um baú em que poderíamos nos esconder, eu e Abraão, e ainda sobraria nele espaço para Tobias. Conheço os quartos pelo cheiro.

No ano passado, Ada me sentou em suas pernas. Eu tinha os olhos fechados e via-a através das pestanas. Via-a escura, como se não fosse uma mulher, mas apenas um rosto que me olhava e se mexia e balia como uma ovelha. Estava começando a dormir de verdade quando senti o cheiro.

Não há em toda casa um só cheiro que eu não reconheça. Quando me deixam sozinho no corredor, fecho os olhos, estendo os braços e caminho. Penso: "Quando sentir um cheiro de rum canforado, estarei no quarto do meu avô." Continuo caminhando de olhos fechados e braços estendidos. Penso: "Agora passei pelo quarto de minha mãe, porque cheira a cartas de baralho novas. Depois cheirará a alcatrão e a bolinhas de naftalina." Continuo caminhando e sinto o cheiro de cartas novas no mesmo instante em que escuto a voz de minha mãe, cantando no quarto. Então sinto o cheiro de alcatrão e de naftalina. Penso: "Agora continuará cheirando a bolinhas de naftalina. Então dobrarei à esquerda do cheiro e sentirei o outro cheiro, a roupas brancas e a janela fechada. E ali me deterei." Quando dou três passos, sinto o cheiro novo e fico quieto, os olhos fechados e os braços estendidos, e ouço a voz de Ada, gritando. "Menino. Já está você novamente caminhando com os olhos fechados."

Essa noite, quando eu começava a dormir, senti um cheiro que não existe em nenhum dos quartos da casa. Era um cheiro forte e morno, como se alguém tivesse mexido num jasmineiro. Abri os olhos aspirando o ar espesso e carregado. Disse:

— Está sentindo?

Ada estava me olhando, mas quando lhe falei fechou os olhos e olhou para o outro lado. Voltei a perguntar-lhe:

— Está sentindo? É como se houvesse jasmins em alguma parte.

Então ela disse:

— É o cheiro dos jasmins que durante nove anos ficaram junto do muro.

Sentei-me em suas pernas.

— Mas agora não há jasmins — disse. E ela disse:

— Agora, não. Mas há nove anos, quando você nasceu, havia um jasmineiro plantado junto à parede do pátio. De noite fazia calor e cheirava como está cheirando agora.

Reclinei-me em seu ombro. Olhava para a sua boca enquanto ela falava.

— Mas isso foi antes de eu nascer — disse.

E ela disse:

— É que nesse tempo houve um longo inverno e foi preciso limpar o jardim.

O cheiro continuava ali, morno, quase palpável, comandando os outros cheiros da noite. Eu disse a Ada:

— *Quero* que você me explique isso.

Ela ficou por um instante calada, olhou depois para o muro branco de cal com lua e disse:

— Quando você crescer, saberá que o jasmim é uma flor que *sai*.

Eu não entendi, mas senti um estranho tremor, como se alguém me tivesse tocado. Disse:

— Bem.

E ela disse:

— Acontece com os jasmins o mesmo que acontece com as pessoas, que de noite saem a vagar depois de mortas.

Fiquei recostado em seu ombro, sem dizer nada. Estava pensando noutras coisas, no banco quebrado da cozinha em cujo assento meu avô bota os sapatos para secar quando chove. Então já sabia que na cozinha há um morto que ali se senta todas as noites, sem tirar o chapéu, para olhar as cinzas do fogão apagado. Depois de um instante, disse:

— Deve ser como o morto que se senta na cozinha.

Ada olhou-me, abriu os olhos e disse:

— Qual morto?

E eu lhe disse:

— O que todas as noites fica no banco onde meu avô bota os sapatos para secar.

E ela disse:

— Ali não há nenhum morto. O banco está perto do fogão porque não serve para mais nada, só para secar sapatos.

Isso foi no ano passado. Agora é diferente, agora vi um cadáver e me basta fechar os olhos para continuar vendo-o lá dentro de mim, na escuridão dos olhos. Vou dizer isso a minha mãe, ela, porém, começou a conversar com o meu avô.

— Acredita que possa acontecer alguma coisa? — pergunta.

E meu avô, levantando o queixo da bengala, balançando a cabeça:

— De uma coisa, pelo menos, estou seguro: de que em muitas casas se queimará arroz e se derramará leite.

NO COMEÇO ele dormia até as sete. Aparecia na cozinha, com a camisa sem colarinho abotoada até em cima, as mangas arregaçadas até os cotovelos, amarrotadas e sujas, as esquálidas calças à altura do peito e o cinturão amarrado por fora, muito abaixo da cintura. Tinha-se a impressão de que as calças iam resvalar e cair, por falta de um corpo sólido onde pudessem suster-se. Não havia emagrecido, mas em seu rosto já não se percebia o toque militar e altaneiro do primeiro ano, mas a expressão abúlica e fatigada do homem que não sabe o que será de sua vida no minuto seguinte, nem tem o menor interesse em sabê-lo. Bebia seu café forte, depois das sete, e voltava ao quarto, repetindo, ao voltar, o seu inexpressivo bom-dia.

Há cinco anos já que morava em nossa casa e era tido em Macondo como um profissional competente, apesar do seu gênio brusco e de suas maneiras desajeitadas, que criaram em torno de si uma atmosfera mais parecida com o temor do que com o respeito.

Foi o único médico do povoado, até que chegou a companhia bananeira e se iniciaram os trabalhos da estrada de ferro. Então começaram a sobrar cadeiras na saleta. As pessoas que o procuraram nos primeiros quatro anos de sua permanência em Macondo ausentaram-se depois que a companhia organizou o serviço médico para os trabalhadores. Ele, sem dúvida, percebeu os novos rumos traçados pela invasão, mas não disse nada. Continuou abrindo a porta da rua, sentando-se o dia inteiro na cadeira de couro, até que transcorreram muitos dias sem que aparecesse um só doente. Então passou o ferrolho na porta, comprou uma rede e fechou-se no quarto.

Foi nessa época que Meme adquiriu o costume de levar-lhe a primeira refeição do dia, composta de bananas e laranjas. Comia as frutas e jogava as cascas num canto, de onde a índia as tirava aos sábados, quando fazia a limpeza do quarto de dormir. Da maneira, porém, como procedia, qualquer um poderia suspeitar que lhe importava muito pouco se num sábado não tivesse sido feita a limpeza e o quarto se transformasse num monturo.

Agora não fazia absolutamente nada. Passava as horas na rede, balançando-se. Pela porta entreaberta podia-se vê-lo na escuridão, e o rosto seco e inexpressivo, o cabelo revolto, a vitalidade doentia dos seus duros olhos amarelos davam-lhe o inconfundível aspecto do homem que começa a sentir-se derrotado pelas circunstâncias.

Durante os primeiros anos de sua permanência em nossa casa, Adelaida se mostrou aparentemente indiferente, ou aparentemente conforme ou realmente de acordo com a minha vontade que permanecesse na casa. Quando, porém, ele fechou o consultório e só deixava o quarto na hora das refeições, para sentar-se à mesa com a mesma apatia silenciosa e dorida de sempre, minha esposa rompeu os diques de sua tolerância. Disse-me:

— É uma heresia continuar sustentando-o. É como se estivéssemos alimentando o demônio.

E eu, que sempre tivera para com ele um complexo sentimento de piedade e admiração (pois, embora queira desfigurá-lo agora, havia muito de pena naquele sentimento), insistia:

— Temos de suportá-lo. É um homem sem ninguém no mundo e que precisa ser compreendido.

Pouco depois começou a funcionar a estrada de ferro. Macondo era um povoado próspero, cheio de caras novas, com um cinema e numerosos lugares de diversões. Então houve trabalho para todo mundo, menos para ele. Continuou enclausurado, esquivo, até aquela manhã em que intempestivamente apareceu na sala de jantar, de manhã, e falou com espontaneidade e até mesmo com entusiasmo das magníficas perspectivas do povoado. Foi nessa manhã que ouvi a palavra pela primeira vez. Ele a disse:

— Tudo isso passará quando nos acostumarmos à *hojarasca.*

Meses mais tarde, passou a sair com frequência, antes do entardecer. Ficava sentado na barbearia até as últimas horas do dia e intervinha nas discussões que se formavam à porta, junto à vitrola portátil, junto ao banco alto que o barbeiro trazia para a rua para que sua clientela pudesse gozar da fresca do entardecer.

Os médicos da companhia não se conformaram em privá-lo de fato do meio de vida, e em 1907, quando já não existia em Macondo um só paciente que se lembrasse dele, quando ele próprio havia desistido de esperar, um dos médicos da companhia sugeriu ao alcaide que exigisse de todos os profissionais do povoado o registro de seus diplomas. Ele não se sentiu atingido quando o edital apareceu, uma segunda-feira, nas quatro esquinas da praça. Fui eu quem lhe falou da conveniência de cumprir com esse requisito. Ele, porém, tranquilo, indiferente, limitou-se a responder:

— Eu não, coronel. Não tenho mais nada a ver com isso.

Nunca pude saber se realmente tinha seu diploma em ordem. Nem ao menos soube se era francês, como se supunha, nem se conservava as lembranças de uma família que deve ter tido, mas a respeito da qual jamais disse uma palavra. Algumas semanas depois, quando o alcaide e seu secretário foram à minha casa para exigir dele a apresentação do diploma e o registro de sua licença, ele se negou da maneira mais rotunda a deixar o quarto. Nesse dia — depois de morar cinco anos na mesma casa, de comer na mesma mesa — percebi que nem sequer sabíamos o seu nome.

Não era preciso ter dezessete anos (como então, eu os tinha) para perceber — desde que vi Meme toda enfeitada na igreja e, depois, quando conversei com ela no botequim — que em nossa casa o quartinho que dava para a rua estava clausurado. Soube mais tarde que minha madrasta havia posto o cadeado e que se opunha que se tocasse nas coisas que estavam lá dentro: a cama que o doutor usou até o dia em que comprou a rede; a mesinha dos remédios, da qual só trouxe para a esquina o dinheiro acumulado em seus melhores anos (e que devia ser muito, porque nunca teve despesas na casa e deu o suficiente para que Meme abrisse o botequim), além, entre um monte de trastes e dos velhos jornais escritos em seu idioma, da bacia e alguns objetos pessoais e sem qualquer serventia. Era como se todas essas coisas estivessem contaminadas por aquilo que minha madrasta considerava uma condição maléfica, completamente diabólica.

Eu devo ter tomado conhecimento da clausura do quartinho em outubro ou novembro (três anos depois que Meme e ele abandonaram a casa), porque em princípios do ano seguinte havia começado a ter ilusões a respeito do estabelecimento de Martín no referido quarto. Eu pensava em ocupá-lo depois do meu casamento; rondava-o; nas conversas com minha madrasta chegava até a sugerir que já era hora de abrir o cadeado e suspender-se a inadmissível quarentena imposta a um dos lugares mais íntimos e acolhedores da casa. Antes, porém, que começássemos a fazer o meu vestido de noiva, ninguém me falou diretamente do doutor, e muito menos do quartinho que continuava sendo como algo seu, como um fragmento de sua personalidade que não podia ser desvinculado de nossa casa enquanto nela vivesse alguém que pudesse lembrá-lo.

Eu ia contrair matrimônio antes de um ano. Não sei se foram as circunstâncias em que transcorreu a minha vida durante a infância e adolescência que me davam nesse tempo uma noção imprecisa dos fatos e das coisas.

O certo, porém, é que, nesses meses em que se cuidava dos preparativos de minhas bodas, eu ainda ignorava o segredo de muitas coisas. Um ano antes de me casar com ele, lembrava-me de Martín através de uma vaga e irreal atmosfera. Talvez por isso é que desejava tê-lo perto, no quartinho, para me convencer de que se tratava de um homem concreto e não de um noivo conhecido no sonho. Não me sentia, porém, com forças suficientes para falar dos meus projetos à minha madrasta. O natural teria sido lhe dizer: "Vou tirar o cadeado. Vou colocar a mesa junto à janela e a cama junto à parede interna. Vou pôr um jarro de cravos na sanca e um ramo de babosa na porta." Mas a minha covardia, a minha absoluta falta de decisão, juntava-se à nebulosidade do meu prometido. Recordava-o como uma figura vaga, distante, cujos únicos elementos concretos pareciam ser o bigode brilhante, a cabeça um pouco inclinada para a esquerda e o eterno paletó de quatro botões.

Ele estivera em nossa casa em fins de julho. Passava os dias conosco e conversava no escritório com meu pai, tratando de um misterioso negócio do qual nunca consegui me inteirar. De tarde Martín e eu íamos com minha madrasta para as plantações. Quando, porém, eu o via voltar na claridade malva do crepúsculo, quando estava mais perto de mim, caminhando junto a meu ombro, então me parecia mais abstrato e irreal. Sabia que nunca seria capaz de imaginá-lo humano ou de encontrar nele a solidez indispensável para que sua lembrança me desse ânimo, me fortalecesse no instante de dizer: "Vou arrumar o quarto para Martín."

Até a ideia de que ia me casar com ele era, para mim, ainda inverossímil um ano antes das bodas. Conhecera-o em fevereiro, no velório do menino de Paloquemado. Cantávamos, eu e várias moças, e batíamos palmas, procurando esgotar até o fim a única diversão que nos era permitida. Em Macondo havia um cinema, havia um gramofone público e outros lugares de diversão, mas meu pai e minha madrasta achavam que moças de minha idade não podiam desfrutar deles. "São diversões para os forasteiros", diziam.

Em fevereiro, fazia calor ao meio-dia. Minha madrasta e eu sentávamo-nos no corredor, a pespontar em tecido branco, enquanto meu pai fazia a sesta. Costurávamos até o instante em que ele passava arrastando os tamancos e ia molhar a cabeça na bacia. Eram frescas, porém, as profundas noites de fevereiro e em todo o povoado ouviam-se as vozes das mulheres cantando nos velórios das crianças.

Na noite em que fomos ao velório do menino de Paloquemado, ouviu-se melhor do que nunca a voz de Meme Orozco. Ela era magra, desajeitada e dura como uma vassoura, mas sabia elevar a voz mais do que ninguém. Na primeira pausa, Genoveva García disse:

— Um forasteiro está sentado lá fora.

Creio que paramos todas de cantar, menos Remédios Orozco.

— Vejam só, veio de paletó — disse Genoveva García. — Esteve falando toda a noite e os outros o escutam sem abrir a boca. Usa um paletó de quatro botões e quando cruza as pernas mostra meias com ligas e botinas com ilhós.

Mas Meme Orozco ainda não havia parado de cantar quando nós batemos palmas e dissemos:

— Vamos casar com ele.

Depois, quando eu me lembrava dele em casa, não achava nenhuma correspondência entre essas palavras e a realidade. Lembrava como se tivessem sido ditas por um grupo de mulheres imaginárias, que batiam palmas e cantavam na casa onde havia morrido um menino irreal. Ao nosso lado, outras mulheres fumavam. Estavam sérias, atentas, com os seus compridos pescoços de urubus esticados para nós. Detrás, recebendo o ar fresco da janela, outra mulher, envolta até a cabeça num manto negro, esperava que o café fervesse. Depois uma voz masculina juntou-se às nossas. No começo, parecia desentoada e sem direção. Mas depois tornou-se vibrante e metálica, como se o homem estivesse cantando na igreja. Veva García tinha me dado uma cotovelada nas costelas. Então levantei a vista e o vi pela primeira vez. Era jovem e limpo, com o colarinho duro e o paletó abotoado nas quatro casas. E estava me olhando.

Eu ouvia falar de sua volta em dezembro e pensava que nenhum lugar era mais apropriado para ele do que o quartinho clausurado. Mas já não o concebia como um ser real. Dizia a mim mesma: "Martín, Martín, Martín." E o nome examinado, saboreado, desmontado em suas peças essenciais, perdia para mim todo o significado.

Ao deixar o velório, ele havia movido uma xícara vazia diante de mim. E dissera:

— Li sua sorte no café.

Eu já estava na porta, entre as outras moças e escutava a sua voz, profunda, convincente, mansa:

— Conte sete estrelas e sonhará comigo.

Ao passar pela porta, vimos o menino de Paloquemado no caixãozinho, o rosto coberto com pó de arroz, uma rosa na boca e os olhos abertos com palitos. Fevereiro mandava-nos mornos bafejos de sua morte e no quarto flutuava a exalação dos jasmins e das violetas tostadas pelo calor. Mas, no silêncio do morto, a outra voz era constante e única:

— Lembre-se bem. Somente sete estrelas.

Em julho ele já estava em nossa casa. Gostava de encostar-se no corrimão. Dizia:

— Lembre-se de que eu nunca a olhava nos olhos. É o segredo do homem que começa a sentir medo de se apaixonar.

E era verdade que eu não me lembrava dos seus olhos. Não poderia dizer em julho de que cor eram as pupilas do homem com quem ia me casar em dezembro. No entanto, seis meses antes, fevereiro era apenas um profundo silêncio do meio-dia, um casal de gongolôs, macho e fêmea, enroscados no chão do banheiro; os mendigos das terças-feiras rogando um raminho de erva-cidreira, e ele, sentado, sorridente, com o paletó abotoado até em cima, dizendo:

— Vou fazer com que você pense em mim toda hora. Coloquei seu retrato detrás da porta e cravei os olhos com alfinetes.

E Genoveva García, morrendo de rir:

— São bobagens que os homens aprendem com os índios.

Em fins de março, já estava andando pela casa. Passava longas horas no escritório com meu pai, convencendo-o da importância de algo que nunca pude decifrar. Agora já se passaram onze anos desde que nos casamos; nove desde quando o vi me dando adeus da janela do trem, fazendo-me prometer que cuidaria muito bem do menino enquanto ele não voltasse. E esses nove anos passariam sem que se soubesse nada dele, sem que meu pai, que o ajudou nos preparativos dessa viagem sem-fim, tenha dito uma só palavra a respeito da sua volta. Mas nem sequer nos três anos que durou o nosso casamento ele me pareceu mais concreto e palpável do que o fora no velório do menino de Paloquemado ou naquele domingo de março, em que o vi pela segunda vez, quando Veva García e eu voltávamos da igreja. Estava parado na porta do hotel, sozinho, as mãos nos bolsos do seu paletó de quatro botões. Disse:

— Agora você pensará em mim toda a vida, porque os alfinetes já caíram do retrato.

Disse-o com a voz tão apagada e tensa que parecia verdade. Mas mesmo essa verdade era diferente e estranha. Genoveva insistia:

— São idiotices dos índios.

Três meses depois, ela fugiu com o diretor de uma companhia de marionetes, mas naquele domingo parecia cheia de escrúpulos e séria. Martín disse:

— Fico tranquilo em saber que alguém se lembrará de mim em Macondo.

E Genoveva García, olhando-o, o rosto transformado pela exasperação, disse:

— Afaste-se, diabo! E que este paletó de quatro botões lhe apodreça no corpo.

EMBORA ELE esperasse o contrário, continuava a ser um personagem estranho no povoado, apático, apesar dos seus evidentes esforços por parecer sociável e cordial. Vivia entre a gente de Macondo, mas dela distanciado pela lembrança de um passado contra o qual parecia inútil qualquer tentativa de reconciliação. Era olhado com curiosidade, como um sombrio animal que durante muito tempo havia permanecido na sombra e reaparecia agora observando uma conduta que o povoado só podia considerar como falsa e, por isso mesmo, suspeita.

Voltava da barbearia ao anoitecer e se fechava no quarto. Há já algum tempo havia suprimido a refeição da tarde e, a princípio, teve-se a impressão na casa de que voltava cansado e ia diretamente para a rede, dormir até o dia seguinte. Mas não demorou muito para que percebesse que algo de extraordinário acontecia em suas noites. Ouvia-o mover-se no quarto com uma atormentada e enlouquecedora insistência, como se nessas noites recebesse a visita do fantasma do homem que ele fora até então, e ambos, o homem passado e o homem presente, estivessem empenhados numa surda batalha na qual o passado defendia sua raivosa solidão, seu invulnerável aprumo, seus personalismos intransigentes; e o presente, sua terrível e imutável vontade de libertar-se do próprio homem anterior. Via-o dar voltas no quarto até de madrugada, até quando sua própria fadiga esgotava a força do adversário invisível.

Só eu notei a verdadeira medida de sua mudança, quando ele deixou de usar as perneiras e começou a tomar banho todos os dias, a perfumar a roupa com água-de-colônia. E poucos meses depois sua transformação havia chegado a um limite no qual meu sentimento a seu respeito deixou de ser uma simples tolerância compreensiva para transformar-se em compaixão. Não era o seu novo aspecto na rua o que me comovia, mas imaginá-lo trancado no quarto todas as noites, raspando o barro das botinas, molhando o trapo na bacia, untando graxa nos sapatos deteriorados por vários anos de uso contínuo. Comovia-me pensar na escova e na latinha de graxa guardadas debaixo da esteira, escondidas dos olhos do mundo como se fossem os elementos de um vício secreto e vergonhoso contraído numa idade em que a maioria dos homens se torna serena e metódica. Praticamente estava vivendo uma tardia e estéril adolescência e esmerava-se no vestir como um adolescente, a roupa alisada todas as noites com o canto das mãos a frio, mas sem ser suficientemente jovem para ter um amigo a quem pudesse transmitir suas ilusões ou seus desencantos.

O povoado também deve ter percebido a sua transformação, pois em pouco tempo começou a dizer-se que estava enamorado da filha do barbeiro. Não sei se havia algum fundamento nisso, mas o certo é que o falatório me revelou a sua tremenda solidão sexual, a fúria biológica que devia atormentá-lo nesses anos de sordidez e de abandono.

Via-o passar todas as tardes, quando ia para a barbearia, cada vez mais apurado no vestir. A camisa de colarinho postiço, os punhos com abotoaduras douradas e a calça limpa e passada, embora ainda trouxesse o cinturão por fora das presilhas. Parecia um noivo aflitivamente arrumado, envolto na aura das loções baratas; o eterno noivo frustrado, o amante crepuscular ao qual sempre haveria de faltar o ramalhete de flores para a primeira visita.

Assim o surpreenderam os primeiros meses de 1909 sem que, no entanto, surgissem outros fundamentos para os mexericos do povoado, senão o fato de verem-no sentado todas as tardes na barbearia, conversando com os forasteiros, mas sem que se pudesse assegurar que fora visto uma só vez conversando com a filha do barbeiro. Descobri a crueldade de tais fuxicos. Ninguém ignorava no povoado que a filha do barbeiro continuava solteira depois de ter sofrido um ano inteiro a perseguição de um *espírito*, um amante invisível que jogava punhados de terra na sua comida e turvava a água da talha e enevoava os espelhos da barbearia e a espancava até deixar seu rosto verde e desfigurado. Foram inúteis os esforços do *Cachorro*, as benzeduras, a complexa terapêutica da água benta, as relíquias sagradas e as orações administradas com dramática solicitude. Como recurso extremo, a mulher do barbeiro trancou a filha enfeitiçada no quarto, derramou punhados de arroz na sala e a deixou com o amante invisível numa lua de mel solitária e morta, depois da qual os homens de Macondo começaram a dizer que a filha do barbeiro havia concebido.

Não se passara um ano quando se deixou de esperar o monstruoso acontecimento do seu parto e a curiosidade popular desviou-se no sentido de que o doutor estava apaixonado pela filha do barbeiro, apesar de todo mundo estar convencido de que a enfeitiçada continuaria fechada para sempre em seu quarto, a desfazer-se em vida muito antes que seus possíveis pretendentes se convertessem em homens casadouros.

Por isso é que eu sabia que, mais que uma fundamentada suposição, tudo aquilo não passava de um cruel mexerico, malevolamente premeditado. Em fins de 1909, ele continuava frequentando a barbearia e a gente continuava falando, organizando as bodas, sem que ninguém jamais pudesse afirmar que a moça tivesse alguma vez saído do quarto estando ele presente, que os dois tivessem tido uma só oportunidade de se falar.

. . . .

Num setembro abrasador e morto como este, treze anos atrás, minha madrasta começou a costurar meu vestido de noiva. Todas as tardes, enquanto meu pai fazia a sesta, sentávamo-nos para coser junto aos vasos de flores do corrimão, junto ao cálido pé de alecrim. Setembro sempre foi assim toda a vida, há treze anos e muito mais. Como meu casamento seria realizado numa cerimônia íntima (pois assim meu pai havia decidido), costurávamos com lentidão, com a cuidadosa minúcia de quem não tem pressa e encontrou em seu imperceptível trabalho a melhor medida para seu tempo. Então, conversávamos. Eu continuava pensando no quartinho que dava para a rua, acumulando coragem para falar dele à minha madrasta, para lhe dizer que era o melhor lugar onde se podia acomodar Martín. E naquela tarde o disse.

Minha madrasta estava cosendo a longa cauda de seda e parecia, à luz ofuscante daquele setembro intoleravelmente claro e sonoro, como se estivesse submersa até os ombros numa nuvem desse mesmo setembro.

— Não — disse minha madrasta. E depois, voltando ao trabalho, sentindo desfilar diante dos seus olhos oito anos de amargas recordações: — Deus não há de permitir que alguém volte a entrar nesse aposento.

Martín voltou em julho, mas não se hospedou em nossa casa. Gostava de ficar recostado nos paus do corrimão a olhar para o outro lado. E gostava de dizer:

— Viveria em Macondo o resto da vida.

Às tardes saíamos com minha madrasta para as plantações. Voltávamos na hora do jantar, antes que se acendessem as luzes do povoado. Então ele me dizia:

— Mesmo que não fosse por você, gostaria de ficar em Macondo para toda a vida.

E também isso, da maneira como ele o dizia, parecia verdade.

Nesse tempo o doutor já havia deixado a nossa casa há quatro anos. E foi precisamente na tarde em que começamos a costurar o vestido de noiva — nessa tarde sufocante em que falei do quartinho para nele acomodar Martín — que minha madrasta me revelou pela primeira vez seus estranhos costumes.

— Há cinco anos — disse — ainda estava ali, enjaulado como um animal. Porque não era apenas um animal, porém mais que isso: um animal herbívoro, um ruminante como qualquer boi de junta. Se tivesse casado com a filha do barbeiro, com a mosca-morta que fez com que o povo acreditasse que havia concebido depois de uma sombria lua de mel com os espíritos, é possível que nada disso tivesse acontecido. Mas deixou subitamente de ir à barbearia e até mostrou uma transformação de última hora que era apenas um novo capítulo na metódica realização do seu espantoso plano. Somente teu pai podia conceber que depois disso, sendo ele um homem de tão maus hábitos, pudesse continuar em nossa casa, vivendo como um animal, escandalizando o povoado, dando motivos para que se falasse de nós como de quem estivesse praticando um permanente desafio à moral e aos bons costumes. O que ele estava planejando culminaria com a mudança de Meme. Nem mesmo então teu pai reconheceu as alarmantes proporções do seu erro.

— Não ouvi falar nada disso — disse.

As cigarras zuniam no pátio. Minha mãe falava, sem deixar de coser, sem levantar a vista da bordadeira na qual estava gravando símbolos, bordando labirintos brancos. Dizia:

— Aquela noite, estávamos sentados à mesa (todos, menos ele, porque desde a tarde em que voltou pela última vez da barbearia não fazia mais a refeição da tarde), quando Meme veio nos servir. Estava transformada. "Que há com você, Meme?", lhe perguntei. "Nada, senhora. Por quê?" Mas nós sabíamos que ela não estava bem, porque vacilava junto à lâmpada e tinha um aspecto doentio. "Por Deus, Meme, você não está passando bem", disse. E ela esforçava-se por se manter firme, como lhe era possível, até o instante em que se encaminhou para a cozinha com a bandeja. Então, teu pai, que a estava observando durante todo o tempo, lhe disse: "Se não está se sentindo bem, vá se deitar." E ela não disse nada. Continuou com a bandeja, de costas para nós, até que ouvimos o estrépito da louça fazendo-se em pedaços. Meme estava no corredor, segurando-se na parede com as unhas. Então foi quando teu pai foi buscá-lo nesse quarto para que acudisse Meme.

"Naqueles oito anos em que morava em nossa casa — dizia minha madrasta — nunca havíamos solicitado seus serviços para nada grave. Nós, as mulheres, fomos para o quarto de Meme, friccionamo-la com álcool e ficamos esperando que teu pai voltasse. Mas não voltaram, Isabel. Ele não veio ver Meme apesar de o homem que o alimentara durante oito anos, lhe dera casa e roupa lavada, ter ido procurá-lo pessoalmente. Cada vez que lembro disso penso que sua vinda foi um castigo de Deus. Penso que toda essa erva que lhe demos durante oito anos, todos esses cuidados, toda essa solicitude foram uma prova de Deus que nos queria dar uma lição de prudência e de desconfiança do mundo. Era como se tivéssemos colhido oito anos de hospedagem, de alimentos, de roupa limpa, e tivéssemos jogado tudo aos porcos. Meme estava morrendo (pelo menos nos parecia) e ele, ali perto, continuava fechado, negando-se a cumprir com o que já não era uma obra de caridade, mas de decência, de agradecimento, de simples consideração para com os seus protetores.

"Teu pai só voltou à meia-noite — dizia minha madrasta. — Disse, reticente: 'Façam-lhe fricções com álcool, mas não lhe deem purgante.' E eu senti como se tivessem me esbofeteado. Meme havia reagido com as nossas fricções. Enfurecida, gritei: 'Sim. Álcool, é isso. Já o fizemos e ela está melhor. Mas para receitar isso não tinha necessidade de viver oito anos à nossa custa.' E teu pai, ainda condescendente, ainda dominado por essa tolice conciliatória: 'Não é nada sério. Algum dia você saberá.' Como se o outro fosse adivinho."

Nessa tarde, pela veemência de sua voz, pela exaltação de suas palavras, parecia que minha madrasta estava vivendo novamente os episódios daquela remota noite em que o doutor se recusou a socorrer Meme. O alecrim parecia sufocado pela ofuscante claridade de setembro, pela modorra das cigarras, pelo arquejar dos homens que desmontavam uma porta na vizinhança.

— Mas num certo domingo Meme foi à missa enfeitada como uma senhora de sociedade — disse eu. — Lembro como se fosse hoje que levava uma sombrinha furta-cor.

— Meme. Meme. Também isso foi um castigo de Deus. Isso de a termos buscado onde seus pais a estavam matando de fome, de a termos socorrido, de lhe termos dado casa, comida e nome, também nisso interveio a mão da Providência. Quando, no dia seguinte, a vi na porta, esperando que um dos *guajiros* lhe levasse o baú, nem eu mesma sabia aonde ela ia. Estava transformada e séria, ali mesmo (é como se a estivesse vendo), parada junto ao baú, falando com teu pai. Tudo isso sem me consultar, Chabela; como se eu não passasse de um calunga pintado na parede. Antes que eu pudesse perguntar o que se estava passando, porque estavam acontecendo coisas estranhas em minha própria casa sem que eu o soubesse, teu pai veio me dizer: "Não pergunte nada a Meme. Ela vai embora, mas talvez volte dentro de algum tempo." E eu lhe perguntei para onde ia e ele não me respondeu. Saiu arrastando os tamancos, como se eu não fosse sua esposa, mas um calunga qualquer pintado na parede.

"Só dois dias depois soube que o outro também tinha se ido na madrugada e nem ao menos tivera a decência de despedir-se. Havia entrado em sua casa como Pedro e como Pedro havia saído, sem se despedir, sem dizer nada. Nem mais nem menos como teria feito um ladrão. Pensei que teu pai o havia mandado embora pelo fato de não ter socorrido Meme. Mas quando lhe fiz a pergunta nesse mesmo dia, ele se limitou a responder: 'Eu e você ainda falaremos muito a respeito de tudo isso.' E já passaram cinco anos sem que ele voltasse a tocar no assunto.

"Só mesmo com o teu pai e numa casa desorganizada como esta, em que cada um faz o que bem entende, podia acontecer uma coisa assim. Em Macondo não se falava de outra coisa quando eu ainda ignorava que Meme aparecera na igreja enfeitada como alguém que tivesse sido promovido à categoria de senhora, e que teu pai teve o descaramento de segurá-la pelo braço em plena praça. Então foi quando soube que ela não estava tão longe como eu pensava, mas que vivia com o doutor na casa da esquina. Estavam vivendo juntos, como dois porcos, sem sequer passar pela porta da igreja, apesar de ela ser uma mulher batizada. Um dia disse a teu pai: 'Deus castigará também esta heresia.' E ele não disse nada. Continuava o mesmo homem tranquilo de sempre, depois de haver patrocinado o concubinato público e o escândalo.

"De qualquer maneira, hoje me sinto feliz por terem as coisas acontecido assim, já que com isso o doutor foi embora de nossa casa. Se aquilo não tivesse acontecido, ele ainda estaria lá, no quartinho. Quando soube, porém, que o havia abandonado e carregado para a esquina suas porcarias e esse baú que não passava pela porta da rua, senti-me mais tranquila. Esse era o meu triunfo, atrasado de oito anos.

"Duas semanas depois Meme abriu o botequim e tinha até máquina de costura. Havia comprado uma Domestic nova com o dinheiro que ele juntara nesta casa. Eu achava isso um desaforo e disse a teu pai. Mas, mesmo que ele não ligasse para meus protestos, percebia-se que estava mais satisfeito do que arrependido com o que fizera, como se tivesse salvo sua alma opondo às conveniências e à honra desta casa sua proverbial tolerância, sua compreensão, sua liberalidade. E até mesmo um pouco de insensatez. Disse-lhe: 'Você jogou aos porcos o melhor de suas crenças.' E ele, como sempre: 'Um dia você também compreenderá.'"

DEZEMBRO CHEGOU como uma imprevista primavera — dessas que vêm descritas nos livros. E com ele chegou Martín. Apareceu lá em casa depois do almoço, com uma maleta portátil, trazendo ainda o paletó de quatro botões, agora limpo e recém-passado. Não me disse nada, porque foi diretamente para o escritório do meu pai, conversar com ele. A data do casamento havia sido marcada desde julho. Mas no segundo dia da chegada de Martín, em dezembro, meu pai chamou minha madrasta ao escritório para lhe dizer que o casamento deveria realizar-se na segunda-feira. Era sábado.

Meu vestido estava pronto. Martín ficava o dia inteiro em casa, falava com meu pai e este nos comunicava suas impressões na hora do jantar. Eu não conhecia meu noivo, nunca estivera sozinha com ele. Martín, no entanto, parecia vinculado a meu pai por uma entranhada e sólida amizade e este falava daquele como se fosse ele e não eu quem ia casar-se com Martín.

Na véspera de minhas bodas eu não sentia nenhuma emoção. Continuava envolta nessa névoa cinzenta através da qual Martín aparecia, espigado e abstrato, movendo os braços ao falar, abotoando e desabotoando seu paletó de quatro botões. No domingo almoçou conosco. Minha madrasta dispôs os lugares na mesa de maneira que Martín ficasse junto a meu pai, separado três lugares do meu. No almoço, eu e minha madrasta quase não falamos. Meu pai e Martín conversavam sobre seus negócios e eu, sentada três lugares mais distante, via o homem que um ano depois seria o pai do meu filho e ao qual não me ligava sequer uma amizade superficial.

Na noite de domingo, pus o vestido de noiva na alcova de minha madrasta. Via-me pálida e pura diante do espelho, envolta na nuvem de seda vaporosa que lembrava o fantasma de minha mãe. Dizia-me diante do espelho: "Esta sou eu, Isabel. Estou vestida de noiva para casar-me de madrugada." E me desconhecia a mim mesma, sentia-me desdobrada na lembrança de minha mãe morta. Meme me havia falado dela, nesta esquina poucos dias antes. Disse-me que, depois do meu nascimento, minha mãe foi vestida com seus trajes nupciais e colocada no ataúde. E agora, vendo-me no espelho eu via os ossos de minha mãe cobertos por um limo sepulcral, entre um monte de espuma desfeita e uma condensação de pó amarelo. Eu estava do lado de fora do espelho. Dentro estava minha mãe, novamente viva, olhando-me, estendendo-me os braços do seu espaço gelado, procurando tocar a morte que prendia os primeiros alfinetes da minha grinalda de noiva. E detrás, no meio da alcova, meu pai, sério, perplexo:

— Vestida assim, você está exatamente como ela.

Essa noite recebi a primeira, a última e a única carta de amor. Uma mensagem de Martín escrita a lápis nas costas do programa do cinema. Dizia: "*Como me será impossível chegar a tempo esta noite, me confessarei pela madrugada. Diga ao coronel que está quase conseguido aquilo de que falamos, e por isso é que não posso ir agora. Muito assustada? M.*" Com o farinhento sabor desta carta fui à alcova e meu paladar ainda estava amargo quando acordei, poucas horas depois, sacudida pela minha madrasta.

Mas na realidade ainda se passaram muitas horas antes que eu despertasse por completo. Via-me outra vez vestida de noiva numa madrugada fresca e úmida, cheirando a almíscar. Sentia a boca seca de quando se vai viajar e a saliva resiste a umedecer o pão. Os padrinhos já estavam na sala desde as quatro. Conhecia-os todos, mas agora os via transformados e novos, os homens vestidos de linho e as mulheres falando, todas de chapéu, enchendo a casa com o vapor denso e enervante de suas palavras.

A igreja estava vazia. Algumas mulheres voltaram-se para me olhar quando atravessei a nave central, como um mancebo sagrado que caminhasse até a pedra dos sacrifícios. O *Cachorro*, magro e digno, a única pessoa que tinha contornos de realidade naquele turbulento e silencioso pesadelo, desceu os degraus e me entregou a Martín com quatro movimentos de suas mãos esquálidas. Martín estava ao meu lado, tranquilo e sorridente, como o vi no velório do menino de Paloquemado, mas agora de cabelo cortado, como para demonstrar-me que no próprio dia do casamento havia se esmerado em mostrar-se ainda mais abstrato do que o era naturalmente nos dias comuns.

Essa madrugada, já de volta a casa, depois que os padrinhos tomaram o café da manhã e despediram-se com os cumprimentos usuais, meu esposo foi para a rua e não voltou até depois da sesta. Meu pai e minha madrasta fingiram não notar minha situação. Deixaram o dia passar sem alterar a ordem das coisas, de maneira que nada permitisse sentir-se o extraordinário sopro daquela segunda-feira. Tirei meu vestido de noiva, embrulhei-o e guardei-o no fundo do armário, lembrando-me de minha mãe e pensando: "Pelo menos estes trapos me servirão de mortalha."

O marido irreal voltou às duas da tarde e disse que já havia almoçado. Então, ao vê-lo chegar de cabelo cortado, pareceu-me que dezembro havia deixado de ser um mês azul. Martín sentou-se ao meu lado e ficamos um momento sem falar. Pela primeira vez desde meu nascimento tive medo de que anoitecesse, e devo tê-lo manifestado de alguma forma, porque repentinamente Martín pareceu viver. Inclinou-se sobre o meu ombro e disse: "Em que está pensando?" Senti que alguma coisa se torcia no meu coração: o desconhecido começava a me tratar com intimidade. Olhei para cima, onde dezembro era uma gigantesca bola brilhante, um luminoso mês de vidro;

disse: "Estou pensando que a única coisa que falta agora é que comece a chover."

. . . .

Fazia mais calor do que de costume na última noite em que falamos no corredor. Poucos dias depois ele voltaria para sempre da barbearia e se fecharia no quarto. Naquela última noite, porém, no corredor, uma das mais cálidas e densas de que me recordo, ele se mostrou compreensivo como em poucas ocasiões. A única coisa que parecia viver em meio àquele imenso forno era o surdo revérbero dos grilos excitados pela sede da natureza, e a minúscula, insignificante e no entanto desmedida atividade do alecrim e do nardo, ardendo no centro da hora deserta. Ambos ficamos calados um instante, suando essa substância gorda e viscosa que não é suor mas a baba solta da matéria viva em decomposição. Às vezes ele olhava as estrelas, o céu desolado à força de esplendor estival; ficava, depois, silencioso, como inteiramente entregue ao trânsito daquela noite monstruosamente viva. Permanecemos assim, pensativos, um diante do outro, ele no seu assento de couro, eu na cadeira de balanço. Subitamente, como o perpassar de uma asa-branca, vi-o com a cabeça triste e sozinha inclinada sobre o ombro esquerdo. Lembrei-me de sua vida, de sua solidão, dos seus espantosos distúrbios espirituais. Lembrei-me da indiferença atormentada com que assistia ao espetáculo da vida. Antes eu me sentia ligado a ele por sentimentos complexos, em ocasiões contraditórias e tão variáveis como a sua personalidade. Naquele instante, porém, não tive a menor dúvida de que havia começado a estimá-lo entranhadamente. Acreditei ter descoberto dentro de mim essa misteriosa força que desde o primeiro instante me induziu a protegê-lo e senti na carne viva a dor do seu quartinho sufocante e escuro. Vi-o sombrio e derrotado, sufocado pelas circunstâncias. E, de repente, a um novo relance dos seus olhos, amarelos, duros e penetrantes, tive a certeza de que o segredo de sua labiríntica solidão havia sido revelado pela tensa pulsação da noite. Antes que eu próprio tivesse tido tempo de pensar por que o fazia, lhe perguntei:

— Diga-me uma coisa, doutor: o senhor acredita em Deus?

Ele me olhou. O cabelo lhe caía sobre a testa e todo ele ardia numa espécie de sufocação interior, embora seu semblante ainda não mostrasse nenhuma sombra de emoção ou embaraço. Disse, com a sua parcimoniosa voz de ruminante, inteiramente recobrada:

— É a primeira vez que alguém me faz essa pergunta.

— E o senhor, doutor, já a fez a si mesmo?

Não pareceu indiferente nem preocupado, apenas interessado em minha pessoa. Nem ao menos em minha pergunta e muito menos na intenção dela.

— É difícil saber — disse.

— Mas uma noite como esta não lhe dá medo? Não tem a sensação de que existe um homem maior que todos os outros caminhando pelas plantações enquanto nada se move e todas as coisas parecem perplexas ante a passagem desse homem?

Agora ele ficou silencioso. Os grilos enchiam o ambiente, mas cantavam além do morno, vivo e quase humano odor que vinha do jasmineiro plantado em memória da minha primeira esposa. Um homem sem tamanho estava caminhando, sozinho, dentro da noite.

— Não creio que nada disso me perturbe, coronel. — E ele agora parecia perplexo, também ele, como as coisas, como o alecrim e o nardo no seu ardente lugar. — O que me perturba — disse, e ficou a me olhar nos olhos, concretamente, com dureza: — O que me perturba é o fato de existir uma pessoa como o senhor, capaz de afirmar com segurança que sente esse homem a caminhar na noite.

— Procuramos salvar a alma, doutor. Essa é a diferença.

E então fui além do que me propunha. Disse:

— O senhor não o ouve porque é ateu.

E ele, sereno, imperturbável:

— Pode acreditar, coronel, não sou ateu. O que acontece é que me perturba tanto pensar que Deus existe como pensar que não existe. Então prefiro não pensar nisso.

Não sei por que, mas tive o pressentimento de que era exatamente isso o que ele ia me responder. "É um perturbado de Deus", pensei, ouvindo o que ele acabava de me dizer espontaneamente, com clareza, com precisão, como se o tivesse lido em um livro. Eu continuava embriagado pelo torpor da noite. Sentia-me mergulhado no coração de uma imensa galeria de imagens proféticas.

Ali, detrás da grade, estava o jardinzinho que Adelaida e minha filha cultivavam. Por isso é que ardia o alecrim, porque elas o vivificavam todas as manhãs com seus cuidados, para que em noites como essa seu ardente vapor pudesse transitar pela casa e tornar o sono mais tranquilo. O jasmineiro mandava sua insistente exalação e nós a recebíamos porque ele tinha a mesma idade de Isabel, porque de certa maneira aquele perfume era um prolongamento de sua mãe. Os grilos estavam no pátio, entre os arbustos, porque havíamos esquecido de limpar o mato quando parou de chover. A única coisa inacreditável, maravilhosa, era que ele ali estava, com o seu enorme lenço ordinário, limpando a fronte brilhante de suor.

Depois de uma nova pausa, disse:

— Gostaria de saber por que me fez esta pergunta, coronel.

— Ocorreu-me de repente — disse eu. — Talvez seja porque há sete anos venho querendo saber o que pensa um homem como o senhor.

Eu também enxugava o suor. Dizia:

— Ou talvez seja porque me preocupo com a sua solidão.

Esperei uma resposta que não veio. Vi-o diante de mim, ainda triste e solitário. Lembrei-me de Macondo, da loucura da sua gente que queimava dinheiro nas festas; do aluvião desordenado que tudo menosprezava, que se revolvia no seu lamaçal de instintos e só encontrava na dissipação o sabor apetecido. Lembrei-me de sua vida antes da invasão. E de sua vida posterior, dos seus perfumes baratos, dos seus velhos sapatos lustrados, dos mexericos que o perseguiam como uma sombra ignorada por ele próprio. Disse:

— Doutor, o senhor nunca pensou em ter uma mulher?

E, antes que eu acabasse de fazer a pergunta, ele já estava respondendo, iniciando um dos seus longos e habituais rodeios:

— O senhor gosta muito de sua filha, não é, coronel?

Respondi que isso era natural. Ele continuou falando:

— Pois bem. Mas o senhor é diferente. Ninguém mais do que o senhor gosta de pregar os próprios pregos. Já o vi mais de uma vez consertando uma porta quando há vários homens aqui a seu serviço que poderiam fazê-lo pelo senhor. Mas o senhor gosta disso. Creio que sua felicidade consiste em andar pela casa com uma caixa de ferramentas, procurando o que consertar. O senhor é capaz de agradecer a quem estrague as coisas, coronel, porque, assim, lhe dão uma oportunidade de ser feliz.

— É um costume — disse eu, sem saber por que caminhos ele queria ir. — Dizem que minha mãe era a mesma coisa.

Ele havia reagido. Sua atitude era pacífica, mas férrea.

— Muito bem — disse. — É um bom costume. Além disso, a felicidade mais barata que já vi. Por isso é que o senhor tem uma casa como esta e criou sua filha dessa maneira. Digo-lhe que deve ser muito bom ter uma filha como a sua.

Eu continuava ignorando os propósitos desse longo rodeio, mas, mesmo ignorando-os, lhe perguntei:

— E o senhor, doutor, nunca pensou como seria bom para o senhor ter uma filha?

— Eu não, coronel — disse. E sorriu, mas ficou novamente sério. — Meus filhos não seriam como os seus.

Então não restou em mim mais nenhum sinal de dúvida: ele falava seriamente e essa seriedade, essa situação me pareceram espantosas. Eu pensava: "É mais digno de pena por isso do que por tudo o mais." Merecia proteção, pensava.

— O senhor já ouviu falar do *Cachorro*? — lhe perguntei.

Respondeu que não. Eu disse:

— O *Cachorro* é o pároco, mais que isso, porém, é um amigo de todo mundo. O senhor devia conhecê-lo.

— Ah, sim, sim — disse ele. — Ele *também* tem filhos, não?

— Não é isso o que interessa agora — disse eu. — A gente inventa coisas contra o *Cachorro* porque o estima muito. Mas ali o senhor tem um caso, doutor. O *Cachorro* está muito longe de ser um rezadeiro, um santarrão, como dizemos. É um homem completo que cumpre os seus deveres como um homem.

Agora ouvia com atenção. Continuava silencioso, concentrado, seus olhos duros e amarelos fixos nos meus. Disse:

— Isso é bom, não?

— Estou certo de que o *Cachorro* será santo — disse eu. E nisso também era sincero. — Nunca vimos em Macondo nada igual. A princípio desconfiava-se dele porque é daqui mesmo, porque os velhos recordam-se dele quando saía para caçar passarinhos, como todos os meninos. Lutou na guerra, foi coronel e isso era outra dificuldade. O senhor sabe que a gente não respeita os veteranos da mesma maneira como respeita os sacerdotes. Além disso, não estávamos acostumados que nos lessem o almanaque Bristol em lugar dos Evangelhos.

Sorriu. Aquilo lhe devia parecer tão engraçado como nos pareceu nos primeiros dias. Disse:

— É curioso, não?

— O *Cachorro* é assim. Prefere orientar o povo em relação aos fenômenos atmosféricos. Tem uma preocupação quase teológica pelas tempestades. Todos os domingos fala delas. E por isso seus sermões não se baseiam nos Evangelhos, mas nas previsões atmosféricas do almanaque Bristol.

Agora ele sorria e escutava com uma atenção dinâmica e complacente. Eu também me sentia entusiasmado. Disse:

— E há ainda uma coisa que interessa ao senhor, doutor. Sabe desde quando o *Cachorro* está em Macondo?

Ele respondeu que não.

— Por coincidência, chegou no mesmo dia que o senhor — disse eu. — E outra coisa mais curiosa ainda: Se o senhor tivesse um irmão mais velho, estou seguro de que seria igual ao *Cachorro*. Fisicamente, é claro.

Agora parecia não pensar noutra coisa. Percebi pela sua seriedade, pela sua atenção concentrada e tenaz, que chegara o instante de lhe dizer o que pretendia.

— Pois bem, doutor — disse. — Faça uma visita ao *Cachorro*, e verá que as coisas não são como o senhor pensa.

E ele disse que sim, que iria visitar o *Cachorro*.

FRIO, SILENCIOSO, DINÂMICO, o cadeado elabora sua ferrugem. Adelaida o colocou no quartinho quando soube que o doutor estava vivendo com Meme. Minha mulher considerou essa mudança como um triunfo seu, como a culminação de um sistemático labor, tenaz, iniciado por ela desde o instante em que eu resolvi que ele ia morar conosco. Dezessete anos depois o cadeado continua guardando o aposento.

Se essa minha atitude, que não se modificou em oito anos, pode parecer indigna aos olhos dos homens ou ingrata aos de Deus, meu castigo chegaria muito antes de minha morte. Talvez me caiba expiar em vida o que considerei um dever de humanidade, uma obrigação cristã. Porque a ferrugem ainda não havia começado a acumular-se no cadeado quando Martín lá estava em minha casa, com uma pasta abarrotada de projetos, cuja autenticidade nunca pude saber, e a firme disposição de casar-se com minha filha. Chegou à minha casa com um paletó de quatro botões, segregando juventude e dinamismo por todos os poros, envolto numa luminosa atmosfera de simpatia. Casou-se com Isabel em dezembro, onze anos atrás. Já se passaram nove anos desde que se foi com a pasta cheia de obrigações assinadas por mim, prometendo voltar logo que tivesse realizado a operação que se havia proposto e para a qual contava com a garantia dos meus bens. Já se passaram nove anos, mas nem por isso tenho o direito de pensar que ele era um velhaco. Nem por isso tenho o direito de pensar que seu casamento foi apenas uma jogada para convencer-me de sua boa-fé.

Oito anos de experiência, porém, serviram para alguma coisa. Martín poderia ter ocupado o quartinho, mas Adelaida se opôs. Dessa vez, sua oposição mostrou-se férrea, decidida, irrevogável. Eu sabia que minha mulher não hesitaria em arrumar a cocheira, transformando-a numa alcova nupcial, antes de permitir que os casados ocupassem o quartinho. Dessa vez aceitei sem vacilações seu ponto de vista, e isso significava meu reconhecimento pelo seu triunfo retardado de oito anos. Se ambos nos enganamos quando confiamos em Martín, trata-se de um erro do qual compartilhamos, e nele não há triunfo nem derrota para nenhum de nós dois. No entanto, o que viria em seguida estava além de nossas forças, era como os fenômenos atmosféricos anunciados no almanaque e que fatalmente acontecem.

Quando pedi a Meme que fosse embora de nossa casa, que seguisse o rumo que achasse mais conveniente à sua vida; e, depois, mesmo quando Adelaida me lançou à face minhas debilidades e fraquezas, ainda pude rebelar-me, impor minha vontade acima de tudo (sempre o fizera assim) e fazer as coisas à minha maneira. Mas alguma coisa me dizia que eu era impotente diante do curso que iam tomando os acontecimentos. Já não era eu quem dispunha das coisas em meu lar, mas outra força misteriosa, que orientava o curso de nossa existência e em cujas mãos não éramos mais que um dócil e insignificante instrumento. Tudo, então, parecia obedecer ao natural e encadeado cumprimento de uma profecia.

Da forma como Meme abriu o botequim (no fundo, todo mundo devia saber que uma mulher trabalhadeira que da noite para o dia passa a ser concubina de um médico rural termina sempre, tarde ou cedo, tomando conta de um botequim), soube que ele havia conseguido economizar em nossa casa mais dinheiro do que se poderia supor, em cédulas e moedas que nunca usava e que costumava jogar descuidado na gaveta no tempo em que dava consultas.

Quando Meme abriu o botequim, ainda pensavam que ele morava aqui, no quarto dos fundos, encurralado quem sabe por que implacáveis monstros proféticos. Sabia-se que não fazia as refeições na rua, que havia plantado uma horta e que Meme comprava nos primeiros dias de cada mês um pedaço de carne para ela, mas que um ano depois havia desistido de tal costume, talvez porque o contato direto com seu homem acabou por torná-la vegetariana. Então os dois se enclausuraram, até que as autoridades forçaram as portas, revistaram a casa e revolveram a horta, à procura do cadáver de Meme.

Pensava-se que ele estava aqui, encerrado, balançando-se na sua rede velha e puída. Eu sabia, porém, nesses meses em que ninguém mais esperava sua volta ao mundo dos vivos, que seu impenitente enclausuramento, sua surda batalha contra a ameaça de Deus havia de culminar muito antes que sobreviesse a sua morte. Sabia que tarde ou cedo ele teria de sair, porque não há homem que possa viver metade da vida enclausurado, longe de Deus, sem que de repente saia e confesse ao primeiro homem que encontrar na esquina, sem qualquer esforço, o que nem as grilhetas nem o cepo; nem o martírio do fogo e da água; nem a tortura da cruz e do torno; nem a madeira perfurante ou os ferros candentes nos olhos e o sal eterno na língua ou o poldro das torturas; nem os açoites e as grelhas e o amor teriam obrigado a confessar a seus inquisidores. E essa hora lhe chegaria, poucos anos antes de sua morte.

Eu já sabia disso muito antes, desde a última noite em que conversamos no corredor, e depois, quando fui chamá-lo no quartinho para socorrer Meme. Teria eu podido já me opor que ele vivesse com ela, na qualidade de marido e mulher? Antes, talvez, sim, mas não agora, porque há três meses outro capítulo da fatalidade havia começado a se cumprir.

Nessa noite ele não estava na rede, mas havia se estendido de costas no catre e jazia com a cabeça pendida para trás, os olhos fixos no lugar onde poderia estar ardendo a luz mais intensa do castiçal. Tinha lâmpada elétrica, mas nunca a usou. Preferia jazer na penumbra, os olhos fixos na escuridão. Não se moveu quando entrei no quarto, mas percebi logo que começou a não se sentir sozinho desde o momento em que pisei o umbral. Então eu disse:

— Se não for muito incômodo, doutor, mas parece que a índia não se sente bem.

Levantou-se da cama. Um momento antes não se sentia sozinho no quarto, mas agora sabia que era eu quem se encontrava ali. Sem dúvida, eram duas sensações inteiramente distintas, porque sofreu uma imediata transformação, alisou o cabelo e continuou sentado na beira da cama, esperando.

— É Adelaida, doutor. Pede que o senhor vá ver Meme — disse.

E ele, sentado, com sua mansa voz de ruminante, me respondeu, num impacto:

— Não é preciso. Acontece apenas que ela está grávida.

Depois inclinou-se para a frente, pareceu examinar meu rosto, e disse:

— Há anos que Meme dorme comigo.

Devo confessar que não me surpreendi. Nem tive espanto, perplexidade ou cólera. Não senti nada. Talvez sua confissão fosse demasiado grave, no meu modo de entender, e fugisse à minha compreensão. Eu continuava impassível e nem ao menos sabia por quê. Continuava quieto, de pé, imóvel, tão frio como ele, com a sua mansa voz de ruminante. Depois, quando transcorreu um longo silêncio e ele continuava sentado no catre, sem se mover, como esperando que eu tomasse a primeira determinação, compreendi em toda a sua intensidade o que ele acabara de me dizer. Mas então já era demasiado tarde para eu ficar perturbado.

— O senhor compreende logo a situação, doutor. — Isso foi tudo o que pude dizer.

Ele respondeu:

— Tomam-se suas precauções, coronel. Quando se corre um risco, sabe-se como se faz. Se algo falha, é devido a algum imprevisto, fora do nosso alcance.

Eu conhecia essa espécie de rodeios. Como sempre, ignorava até onde ele pensava chegar. Puxei uma cadeira e me sentei em sua frente. Então ele deixou a cama, apertou a fivela do cinturão, puxou e ajustou as calças. E continuou falando do outro extremo do quarto. Disse:

— É tão verdade que tomei minhas precauções que esta é a segunda vez que ela engravida. A primeira foi há um ano e ninguém notou nada.

Continuava falando sem emoção, dirigindo-se novamente para a cama. Eu sentia, na escuridão, seus passos lentos e firmes sobre os tijolos. Dizia:

— Mas, então, ela estava disposta a tudo. Agora não. Dois meses atrás, me disse que estava novamente grávida e eu lhe respondi a mesma coisa que lhe disse quando da primeira vez: venha esta noite para eu lhe fazer a mesma coisa. Ela, porém, me disse que não poderia vir nesse dia, só no dia seguinte. Quando fui tomar café na cozinha, disse-lhe que a estava esperando, ela porém me respondeu que nunca mais viria.

Havia chegado diante do catre, mas não se sentou. Deu-me novamente as costas e começou mais uma vez a dar voltas no quarto. Ouvia-o falar. Sentia o fluxo e refluxo de sua voz, como se falasse enquanto se balançava na rede. Dizia as coisas calmamente, mas com segurança. Eu sabia que seria inútil tentar interrompê-lo. Escutava-o, nada mais. E ele dizia:

— Mas o fato é que veio dois dias depois. Eu já tinha tudo preparado. Disse-lhe que se sentasse aí e fui até a mesa buscar o copo. Então, quando lhe disse tome isso, percebi que dessa vez ela não o faria. Olhou-me sem sorrir e disse num tom um tanto cruel: "Este não vou botar fora, doutor. Vou parir para criá-lo."

Senti-me exasperado com a sua serenidade. Disse-lhe:

— Isso nada justifica, doutor. O senhor não fez mais que praticar duas vezes uma ação indigna: primeira, pelas relações dentro de minha própria casa, depois pelo aborto.

— Mas, coronel, o senhor viu que fiz tudo o que podia. Era mais do que podia fazer. Depois, quando senti que a coisa não tinha remédio, resolvi lhe falar. Ia fazê-lo um dia desses.

— Supõe-se que o senhor conhece o remédio para quando realmente se quer lavar a afronta. O senhor conhece os princípios dos que moram nesta casa — disse.

E ele disse:

— Não lhe quero causar nenhum aborrecimento, coronel. Creia-me. O que pretendia lhe dizer era isto: levarei a *guajira* para morar na casa da esquina, que está desocupada.

— Num concubinato público, doutor — disse eu. — Sabe o que isso significa para nós?

Então ele voltou à cama. Sentou-se, inclinou-se para a frente e falou com os cotovelos apoiados nas coxas. O tom da sua voz era agora diferente. No princípio fora frio, mas agora começava a se mostrar cruel e desafiador. Disse:

— Estou lhe propondo a única solução que não criaria para o senhor nenhum incômodo, coronel. A outra seria dizer que o filho não é meu.

— Meme o diria — disse eu.

Começava a sentir-me indignado. Sua maneira de expressar-se, agora, tornara-se exageradamente desafiadora e agressiva para que eu a recebesse com serenidade. Ele, porém, duro, implacável, disse:

— Pode me acreditar, com toda segurança, que Meme não diria nada. E porque estou seguro disso é que a levarei para a esquina, só para evitar inconveniências ao senhor. Nada mais, coronel.

Havia-se atrevido com tanta segurança a negar que Meme pudesse lhe atribuir a paternidade do filho que agora era eu que me sentia desconcertado. Algo me dizia que sua força estava arraigada muito mais abaixo das palavras. Disse:

— Confiamos em Meme como em nossa filha, doutor. Neste caso, ela ficaria do nosso lado.

— Se o senhor soubesse o que sei, coronel, não falaria dessa forma. Perdoe-me que lhe fale assim, mas, se o senhor compara a índia com a sua filha, está ofendendo sua filha.

— O senhor deve ter motivos para dizer isso.

E ele respondeu, ainda com essa amarga dureza na voz:

— Tenho-os. E, quando lhe digo que ela não pode dizer que sou o pai de seu filho, também tenho motivos para isso.

Pendeu a cabeça para trás. Respirou fundo, disse:

— Se o senhor tivesse tido tempo de vigiar Meme, quando ela sai à noite, nem sequer exigiria que eu a levasse comigo. Nesse caso, quem corre o risco sou eu, coronel. Jogo um morto em cima de mim para lhe evitar incômodos.

Então compreendi que ele não passaria com Meme nem pela porta da igreja. O mais grave, porém, era que, depois de suas últimas palavras, eu não tinha me arriscado com o que mais tarde poderia significar uma tremenda carga para a minha consciência. Havia várias cartas a meu favor. A única, porém, que ele tinha lhe bastaria para fazer uma aposta com a minha consciência.

— Muito bem, doutor — disse. — Essa mesma noite providenciarei para que lhe arrumem as coisas na casa da esquina. Mas quero deixar claro que o mando embora da minha casa, que o senhor não sai pela sua vontade. O Coronel Aureliano Buendía lhe teria feito pagar bem caro pela maneira com que o senhor correspondeu à sua confiança.

E, quando eu esperava ter incitado seus instintos e aguardava o desencadear de suas obscuras forças primitivas, ele me jogou em cima todo o peso de sua dignidade:

— O senhor é um homem decente, coronel — disse. — Todo mundo sabe que vivi em sua casa o tempo suficiente para que não seja necessário o senhor me lembrar disso.

Quando ficou de pé, não parecia um triunfador. Parecia apenas contente de haver podido corresponder às nossas atenções de oito anos atrás. Era eu quem me sentia transtornado, culpado. Essa noite, vendo os vermes da morte que faziam visíveis progressos em seus duros olhos amarelos, compreendi que minha atitude era egoísta e que por essa única mancha em minha consciência iria sofrer uma tremenda expiação para o resto da vida. Ele, ao contrário, estava em paz consigo mesmo. Dizia:

— Quanto a Meme, que lhe façam fricções com álcool. Mas não lhe deem purgante.

MEU AVÔ VOLTOU para junto de mamãe. Ela está sentada, completamente abstraída. O vestido e o chapéu estão aqui, na cadeira, mas minha mãe deixou de estar neles. Meu avô aproxima-se, a vê abstraída e balança a bengala diante dos olhos, dizendo:

— Acorde, menina.

Minha mãe pestaneja, sacode a cabeça.

— Em que está pensando? — pergunta meu avô.

E ela, sorrindo:

— Estava pensando no *Cachorro*.

Meu avô senta-se novamente perto dela, a barba apoiada na bengala. Diz:

— Que coincidência. Eu também pensava na mesma coisa.

Eles se entendem. Falam sem se olhar, mamãe sentada na cadeira, dando palmadinhas no braço, e meu avô sentado perto dela, ainda com a barba apoiada na bengala. Eles se entendem da mesma maneira como nos entendemos, Abraão e eu, quando vamos ver Lucrecia.

Eu digo a Abraão:

— Agora teco tacando.

Abraão continua caminhando lá na frente, três passos adiante. Sem voltar-se, diz:

— Ainda não. Espere um momento.

E eu lhe digo:

— Quando teco alcutana vem e rebenta.

Abraão não se volta, mas percebo que ele ri baixo, com um riso bobo e simples que é como o fio d'água que cai tremendo dos beiços do boi, quando acaba de beber. Diz:

— Já devem ser cinco horas.

Corre um pouco mais, diz:

— Se vamos agora pode rebentar alcutana.

Mas eu insisto:

— De qualquer maneira, continua teco tacando.

E ele se volta para mim e começa a correr, dizendo:

— Bem, então vamos.

Para ver Lucrecia tínhamos de atravessar cinco pátios cheios de árvores e regos. Tínhamos que passar pelo muro verde de lagartos, onde antes cantava o anão com voz de mulher. Abraão passa correndo, brilhando como uma folha de metal sob a forte claridade, com os calcanhares acossados pelos latidos do cão. Mas logo se detém. Nesse momento estamos diante da janela. Chamamos: "Lucrecia", falando como se Lucrecia estivesse dormindo. Mas está acordada, sentada na cama, sem sapatos, com uma larga camisola branca e engomada que a cobre até os tornozelos.

Quando falamos, Lucrecia levanta a vista e a faz girar pelo quarto e depois crava em nós um olho redondo e grande, como o de uma sururina. Então ri e começa a caminhar até o meio do quarto. Tem a boca aberta, os dentes recortados e miúdos, a cabeça redonda, com o cabelo cortado como o de um homem. Quando chega ao meio do quarto para de rir, agacha-se e olha para a porta, até que as mãos lhe cheguem aos tornozelos e, lentamente, começa a levantar a camisola, com uma calculada lentidão, a um tempo cruel e desafiador. Abraão e eu continuamos trepados na janela enquanto Lucrecia levanta a camisola, os lábios esticados numa careta arquejante e ansiosa, o seu resplandecente e enorme olho de sururina fixo em nós. Então vemos o ventre branco que mais abaixo se converte num azul espesso, quando ela cobre o rosto com a camisola e fica assim, estirada no meio do quarto, as pernas juntas e apertadas, com uma trêmula força que lhe sobe dos calcanhares. De repente, descobre violentamente o rosto, aponta-nos com o indicador, e o olho luminoso salta da órbita, em meio aos terríveis uivos que ressoam por toda a casa. Então, abre-se a porta do quarto e a mulher sai gritando:

— Por que vocês não vão foder a paciência de sua mãe?

Há dias que não vamos ver Lucrecia. Agora seguimos ao rio pelo caminho das plantações. Se sairmos cedo, Abraão estará nos esperando. Mas meu avô não se move. Está sentado junto à mamãe, a barba apoiada na bengala. Eu o fico olhando, examinando seus olhos por detrás das lentes, e ele deve sentir que o olho, porque logo suspira com força, sacode-se e diz à minha mãe, com a voz apagada e triste:

— O *Cachorro* tê-los-ia trazido a correadas.

Depois levanta-se da cadeira e vai até onde está o morto.

. . . .

É a segunda vez que venho a este quarto. A primeira, faz dez anos, as coisas estavam no mesmo lugar. É como se ele não tivesse tocado em nada desde então, ou como se desde aquela remota madrugada em que foi morar com Meme não tivesse mais se ocupado com a sua própria vida. Os papéis estavam no mesmo lugar. A mesa, a roupa escassa e ordinária, tudo ocupava os mesmos lugares que hoje ocupam. Como se fosse ontem, quando o *Cachorro* e eu viemos estabelecer a paz entre este homem e as autoridades. Foi na época em que a companhia bananeira havia acabado de nos sugar, e tinha ido embora de Macondo com as sobras que nos havia trazido. E com eles se foi a invasão, os últimos rastros do que fora o próspero Macondo de 1915. Aqui ficava uma aldeia arruinada, com quatro lojas pobres e escuras; ocupada por gente desempregada e rancorosa a quem atormentavam a lembrança de um passado próspero e a amargura de um presente deprimido e estático. Não havia nada no porvir a não ser um tenebroso e ameaçador domingo eleitoral.

Seis meses antes, amanheceu pregado um pasquim nas portas desta casa. Ninguém se interessou por ele, e aqui ficou pregado durante muito tempo, até que os chuviscos finais lavaram seus escuros caracteres e o papel desapareceu, arrastado pelos últimos ventos de fevereiro.

Mas em fins de 1918, quando a proximidade das eleições fez o governo pensar na necessidade de manter desperto e irritado o nervosismo dos seus eleitores, alguém falou às novas autoridades deste médico solitário, de cuja existência ninguém podia, há muito tempo, dar testemunho verídico. Devo dizer-lhes que durante os primeiros anos a índia que vivia com ele tomou conta de um botequim, o qual participou da mesma prosperidade que naqueles tempos favoreceu até as mais insignificantes atividades de Macondo. Um dia (ninguém se lembra mais da data, nem sequer do ano), a porta da loja não se abriu. Pensava-se que Meme e o doutor continuavam morando aqui, encerrados, alimentando-se com os legumes que eles mesmos cultivavam no quintal. Mas o pasquim que apareceu nesta esquina dizia que o médico havia assassinado sua concubina e a enterrado na horta, com medo de que o povoado se valesse dela para envenená-lo. O inexplicável é que se dissesse isso numa época em que ninguém poderia ter motivos para tramar a morte do doutor. Parece-me que as autoridades haviam esquecido de sua existência até esse ano em que o governo reforçou a polícia com homens de sua confiança. Desenterrou-se, então, a lenda esquecida do pasquim e as autoridades violaram estas portas, rebuscaram a casa, escavaram o pátio e sondaram a fossa, tentando localizar o cadáver de Meme. Mas não foi encontrado um só rastro dela.

Nessa ocasião, teriam arrastado o doutor, teriam-no massacrado; isso seguramente seria um sacrifício a mais na praça pública e em nome da eficiência policial. Mas o *Cachorro* interveio, foi à minha casa e me convidou a visitar o doutor, certo de que eu obteria dele uma explicação satisfatória.

Ao entrar pelos fundos, deparamo-nos com os escombros de um homem abandonado na rede. Nada neste mundo deve ser mais tremendo do que os escombros de um homem. E eram ainda mais tremendos os deste cidadão de parte alguma que se ergueu da rede quando nos viu entrar, e parecia ele próprio recoberto pela crosta de pó que cobria todas as coisas do quarto. Tinha a cabeça *acerada* e seus duros olhos amarelos ainda conservavam a mesma poderosa força interior que conheci quando morava em nossa casa. Eu tinha a impressão de que se tivéssemos roçado a unha em seu corpo ele teria se desmanchado e se convertido num montão de serragem humana. Havia cortado o bigode, mas não havia escanhoado a cara. Desfizera-se da barba com a tesoura, pelo que seu queixo não parecia semeado de talos duros e vigorosos, mas de uma penugem suave e branca. Vendo-o na rede, eu pensava: "Agora não parece um homem. Agora parece um cadáver cujos olhos ainda não morreram."

Quando falou, sua voz tinha a mesma mansidão de ruminante com que chegou à nossa casa. Disse que nada tinha a dizer. Disse, como se acreditasse que não o sabíamos, que a polícia havia arrombado as portas e havia esburacado o quintal sem seu consentimento. Mas o que dizia não era um protesto. Era apenas uma queixosa e melancólica confidência.

Quanto a Meme, nos deu uma explicação que poderia parecer pueril, mas que foi dita por ele com o mesmo tom com que teria dito sua verdade. Disse que Meme havia ido embora — isso era tudo. Quando fechou a loja, começou a entediar-se dentro de casa. Não falava com ninguém, não tinha nenhuma comunicação com o mundo exterior. Disse que certo dia a viu arrumando a maleta e não lhe disse nada. Disse ainda que não lhe disse nada quando a viu com o vestido de sair, os sapatos de salto alto e a maleta na mão, parada no vão da porta, sem falar, apenas como se estivesse se mostrando assim, toda arrumada, para que ele soubesse que ia embora.

— Então — disse — me levantei e lhe dei o dinheiro que estava na gaveta.

Perguntei-lhe:

— Há quanto tempo foi isso, doutor?

E ele respondeu:

— Calcule pelo meu cabelo. Era ela quem o cortava.

O *Cachorro* falou muito pouco nessa visita. Desde sua entrada no quarto parecia impressionado com a visão do único homem que não conheceu naqueles quinze anos em que vivia em Macondo. Percebi dessa vez (e melhor do que nunca, talvez porque o doutor tivesse cortado o bigode) a extraordinária parecença desses dois homens. Não eram iguais, mas pareciam irmãos. Um era vários anos mais velho, mais delgado e esquálido, mas havia entre eles a comunidade de traços que existe entre dois irmãos, mesmo quando um se parece com o pai e o outro com a mãe. Então me lembrei da última noite no corredor. Disse:

— Esse é o *Cachorro*, doutor. O senhor certa vez prometeu visitá-lo.

Ele sorriu. Olhou o sacerdote e disse:

— É verdade, coronel. Não sei por que não o fiz.

E continuou olhando-o, examinando-o, até que o *Cachorro* começou a falar.

— Nunca é tarde para quem começa bem — disse. — Gostaria de ser seu amigo.

Percebi, na ocasião, que diante do estranho o *Cachorro* havia perdido sua força habitual. Falava com timidez, sem a inflexível segurança com que sua voz troava no púlpito, lendo em tom transcendental e ameaçador as previsões atmosféricas do almanaque Bristol.

Foi essa a primeira vez que se viram. E foi também a última. No entanto, a vida do doutor prolongou-se até essa madrugada, porque o *Cachorro* interveio outra vez em seu favor na noite em que lhe suplicaram que socorresse os feridos e ele nem sequer abriu a porta, e, então, lhe gritaram essa terrível sentença cujo cumprimento agora me encarregarei de impedir.

Dispúnhamo-nos a abandonar a casa quando me lembrei de algo que há anos desejava lhe perguntar. Eu disse ao *Cachorro* que eu ficaria ali, com o doutor, enquanto ele intercedia junto às autoridades. Quando ficamos sós, perguntei:

— Diga-me uma coisa, doutor: e a criatura?

Ele não modificou a expressão.

— Que criatura, coronel?

E eu lhe disse:

— O filho de vocês. Meme estava grávida quando deixou nossa casa.

E ele, tranquilo, imperturbável:

— Tem razão, coronel. Eu até me havia esquecido disso.

. . . .

Meu pai continuou calado. Depois, disse:

— O *Cachorro* os teria obrigado a vir a correadas.

Os olhos de meu pai mostram um nervosismo recalcado. E, enquanto se prolonga essa espera que já dura meia hora (pois já devem ser quase três), preocupa-me o espanto do menino, sua expressão absorta que nada parece perguntar, sua indiferença abstrata e fria que o faz tão parecido com o pai. Meu filho vai dissolver-se no ar abrasador desta quinta-feira, como aconteceu com Martín nove anos atrás, enquanto agitava a mão na janela do trem e desaparecia para sempre. Se esse menino continua parecendo com seu pai serão vãos todos os meus sacrifícios. Em vão rogarei a Deus que faça dele um homem de carne e osso, que tenha volume, peso e cor como os homens. Tudo será em vão enquanto ele trouxer no sangue os germes do seu pai.

Até os cinco anos, o menino não tinha nada de Martín. Mas agora já vai adquirindo tudo, desde que Genoveva García voltou para Macondo com seus seis filhos, entre os quais havia dois pares de gêmeos. Genoveva estava gorda e envelhecida. Apareceram em torno dos olhos umas veiazinhas azuis, que davam certa aparência de sujeira ao seu rosto antes liso e lustroso. Irradiava uma ruidosa e desordenada felicidade em meio à sua ninhada de sapatinhos brancos e vestidos de organdi. Eu sabia que Genoveva havia fugido com o diretor de uma companhia de marionetes e sentia não sei que estranha sensação de repugnância vendo esses seus filhos que pareciam ter movimentos automáticos, como dirigidos por um único mecanismo central; pequenos e inquietadoramente iguais entre si, os seis com idênticos sapatos e idênticas roupas rendadas. Parecia-me dolorosa e triste a desorganizada felicidade de Genoveva, sua presença carregada de acessórios urbanos num povoado arruinado, aniquilado pela poeira. Havia algo de amargo, como um inconsolável ridículo, na sua maneira de mover-se, de parecer feliz e de condoer-se do nosso sistema de vida, tão diferente, dizia, do conhecido por ela na companhia de marionetes.

Vendo-a, eu me lembrava de outros tempos. Disse-lhe:

— Estás gordíssima, mulher.

E então ela ficou triste. Disse:

— Deve ser porque as lembranças fazem engordar.

E ficou olhando atentamente o menino. Disse:

— E que aconteceu com o bruxo dos quatro botões?

E eu respondi, secamente, porque sabia que ela o sabia:

— Foi-se.

E Genoveva disse:

— E só lhe deixou este?

E eu respondi que sim, que só me havia deixado o menino. Genoveva riu com um riso descosido e vulgar:

— É preciso ser bem frouxo para fazer apenas um menino em cinco anos — disse, e continuou, sem deixar de movimentar-se, cacarejando entre a ninhada revolta.

— E eu que estava louca por ele. Te juro que o teria te tirado se não fosse pelo fato de o termos conhecido no velório de um menino. Naquele tempo eu era muito supersticiosa.

Antes de despedir-se, Genoveva ficou olhando o menino e disse:

— Sem dúvida é igual a ele. Só lhe falta o paletó de quatro botões.

E a partir desse instante o menino começou a parecer-me igual a seu pai, como se Genoveva lhe tivesse trazido o malefício de sua identidade. Já o surpreendi, em certas ocasiões, com os cotovelos apoiados na mesa, a cabeça inclinada sobre o ombro esquerdo e o olhar nebuloso voltado para alguma parte. Fica igual a Martín quando este se recostava no corrimão e dizia: "Mesmo que não fosse por você, eu viveria em Macondo para o resto da vida." Às vezes tenho a impressão de que o menino vai repetir isso, como poderia repeti-lo agora que está sentado junto a mim, taciturno, esfregando o nariz congestionado pelo calor.

— Dói? — pergunto.

E ele responde que não, que estava pensando que não poderia sustentar os óculos.

— Não se preocupe com isso — digo, e lhe desfaço o laço do pescoço. — Quando voltarmos para casa, você repousará e eu lhe darei um banho.

E logo olho para meu pai, que acaba de dizer: "Cataure", chamando o mais velho dos *guajiros*. É um índio espesso e baixo, que estava fumando na cama e que ao ouvir seu nome levanta a cabeça e procura o rosto do meu pai com seus pequenos olhos sombrios. Mas, quando meu pai vai falar novamente, ouvem-se no quartinho dos fundos os passos do alcaide, que entra na sala, cambaleando.

FOI TERRÍVEL este meio-dia em nossa casa. Ainda que não constituísse uma surpresa para mim a notícia de sua morte, pois já a esperava há muito tempo, não podia supor que ela viesse a causar tantos transtornos em minha casa. Alguém devia acompanhar-me a este enterro e eu pensava que o acompanhante seria minha mulher, sobretudo depois da minha enfermidade, há três anos, e daquela tarde em que ela encontrou o bastãozinho com o punho de prata e a bailarina de corda, quando rebuscava as gavetas do meu escritório. Creio que nessa época já havíamos esquecido o brinquedo. Naquela tarde, porém, fizemos funcionar o mecanismo e a bailarina dançou como em outros tempos, animada pela música que antes era festiva e que, depois do longo silêncio na gaveta, soava taciturna e nostálgica. Adelaida a via dançar e recordava. Depois voltou-se para mim, com os olhos úmidos por uma singela tristeza.

— De quem você se lembra? — perguntei.

E eu sabia em quem pensava Adelaida enquanto o brinquedo entristecia o ambiente com sua musiquinha gasta.

— Que terá sido dele? — disse minha esposa, lembrando, sacudida talvez pelo adejo daqueles tempos em que ele aparecia na porta do quarto, às seis da tarde, e pendurava a lanterna no umbral.

— Está na esquina — disse eu. — Morrerá um dia desses e nós teremos que o enterrar.

Adelaida ficou calada, absorta na dança do brinquedo, e eu me senti contagiado pela sua nostalgia. Disse-lhe:

— Sempre quis saber com quem você o confundiu no dia em que ele chegou. Você arrumou a mesa como se ele se parecesse com alguém conhecido.

E Adelaida disse, com um sorriso cinzento:

— Você riria de mim se eu dissesse com quem ele pareceu quando ficou aí no canto, com a bailarina na mão. — E apontou com o dedo para o vazio onde o viu vinte e quatro anos antes, as botas compridas e a roupa que parecia um uniforme militar.

Acreditei que nessa tarde havíamos nos reconciliado, pelo que disse à minha mulher que se vestisse de negro para acompanhar-me. Mas o brinquedo está outra vez na gaveta. A música perdeu seu efeito. Adelaida agora está aniquilando-se, triste, devastada, e passa horas inteiras rezando no quarto.

— Só você poderia ter a ideia de fazer este enterro — me disse. — Depois de todas as desgraças que caíram sobre nós, a única coisa que nos faltava era este maldito ano bissexto. E depois, o dilúvio.

Procurei convencê-la de que empenhara minha palavra de honra nesta empresa.

— Não podemos negar que lhe devo a vida — disse.

E ela disse:

— Ele é quem devia a sua a nós. Ao salvar sua vida, não fez mais que pagar uma dívida de oito anos de cama, comida e roupa lavada.

Depois trouxe uma cadeira para perto da grade. E ainda deve continuar ali, os olhos nublados pelo pesar e a superstição. Tão decidida me pareceu sua atitude, que procurei tranquilizá-la:

— Está bem. Nesse caso, irei com Isabel — disse.

E ela não respondeu. Continuou sentada, inviolável, até quando nos dispúnhamos a sair, e eu lhe disse, acreditando que a agradava:

— Enquanto não voltamos, vá ao oratório e reze por nós.

Então virou a cabeça para a porta, dizendo:

— Não vou nem mesmo rezar. Minhas orações continuarão sendo inúteis enquanto essa mulher vier aqui, todas as terças-feiras, pedir um raminho de alecrim. — E havia em sua voz uma obscura e transtornada rebeldia: — Ficarei aqui, sem me mover, até a hora do Juízo Final. Se é que até então o cupim já não terá comido a cadeira.

. . . .

Meu pai para, o pescoço esticado, ouvindo as pisadas conhecidas que avançam pelo quarto dos fundos. Então esquece do que ia dizer a Cataure e tenta dar uma volta em torno de si mesmo apoiado na bengala, mas a perna inútil lhe falha, e ele quase cai de bruços, como aconteceu três anos atrás, quando tombou na poça de limonada, em meio ao tilintar do jarro que rolou pelo chão e o barulho dos tamancos, da cadeira e do choro do menino, que foi a única pessoa que o viu cair.

Capenga desde então, desde então arrasta a perna que se tornou dura naquela semana de amargos padecimentos, dos quais acreditávamos nunca mais vê-lo refeito. Agora, vendo-o assim, recobrando o equilíbrio com a ajuda do alcaide, penso que nessa perna sem préstimo está o segredo do compromisso que ele se dispôs a cumprir contra a vontade do povoado.

Sua gratidão talvez date de então. De quando caiu de bruços no corredor, dizendo que sentia como se o tivessem empurrado de uma torre; e os dois últimos médicos que ainda restavam em Macondo o aconselharam que se preparasse para uma boa morte. Lembro-me dele no quinto dia de prostração, encolhido entre os lençóis; lembro-me do seu corpo prostrado, como o corpo do *Cachorro* que no ano anterior havia sido levado ao cemitério por todos os habitantes de Macondo, numa apertada e comovida procissão floral. Dentro do ataúde, sua imponência tinha o mesmo fundo de irremediável e desconsolado abandono que eu via no rosto do meu pai nesses dias em que a alcova se encheu de sua voz e ele falou daquele estranho militar que, na guerra de 85, apareceu uma noite no acampamento do Coronel Aureliano Buendía, com o chapéu e as botas adornados com peles, dentes e unhas de tigre, e a quem perguntaram:

— Quem é você?

E o estranho militar não respondeu; e lhe perguntaram:

— De onde vem?

E ele novamente não respondeu; e lhe perguntaram ainda uma vez:

— De que lado está lutando?

E ainda assim não tiveram resposta alguma do militar desconhecido, até que a ordenança agarrou um tição e o aproximou do seu rosto, examinando-o por um instante, e depois exclamou, escandalizado:

— Merda! É o Duque de Marlborough!

Em meio àquela terrível alucinação, os médicos mandaram que lhe dessem um banho. E assim foi feito. Mas no dia seguinte percebia-se apenas uma leve alteração em seu ventre. Então os médicos deixaram a casa e disseram que a única coisa aconselhável era prepará-lo para uma boa morte.

A alcova ficou submersa na silenciosa atmosfera, dentro da qual só se ouvia o lento e sossegado adejar da morte, esse recôndito adejar que nos quartos dos moribundos cheira a exalação de homem. Depois que Padre Ángel lhe administrou a extrema-unção, passaram-se muitas horas sem que ninguém se movesse, contemplando o anguloso perfil do desenganado. Mas logo o relógio tocou e minha madrasta resolveu lhe dar uma colher de remédio. Levantamos-lhe a cabeça, procurando separar os dentes para que minha madrasta pudesse introduzir a colher. Então foi quando se ouviram as pisadas espaçadas e firmes no corredor. Minha madrasta deteve a colher no ar, deixou de murmurar sua oração e voltou-se para a porta, paralisada por uma repentina lividez. "Até no purgatório reconheceria esses passos", chegou a dizer, no preciso momento em que olhamos para a porta e vimos o doutor. Estava ali, no umbral, olhando-nos.

. . . .

Digo a minha filha:

— O *Cachorro* os teria obrigado a vir a correadas.

E me encaminho até onde está o ataúde, pensando: "Desde que o doutor deixou nossa casa, eu estava convencido de que nossos atos eram dirigidos por uma vontade superior, contra a qual não poderíamos nos rebelar mesmo que recorrêssemos a todas as nossas forças ou assumíssemos a atitude estéril de Adelaida, que se enclausurou para rezar."

E enquanto venço a distância que me separa do ataúde, vendo meus homens impassíveis, sentados na cama, parece que respiro pela primeira vez golfadas do ar que ferve sobre o morto, toda essa amarga matéria de fatalidade que destruiu Macondo. Acho que o alcaide não demorará com a licença para o enterro. Sei que lá fora, nas ruas atormentadas pelo calor, a gente está esperando. Sei que as mulheres estão todas nas janelas, ansiosas pelo espetáculo, e que ali permanecem sem se lembrar de que nos fogões está fervendo o leite e tostando o arroz. Mas creio também que esta última manifestação de rebeldia é superior às possibilidades deste esgotado, estragado grupo de homens. Sua capacidade de luta estava enfraquecida desde antes daquele domingo eleitoral, quando se moveram, traçaram seus planos e foram derrotados, e depois ficaram com a convicção de que eram eles quem dirigiam seus próprios atos. Mas o fato é que tudo já estava disposto, ordenado para canalizar os acontecimentos que, passo a passo, fatalmente nos conduziriam a esta quarta-feira.

Há dez anos, quando sobreveio a ruína, bastaria o esforço coletivo dos que pensavam em recuperar-se para que fosse possível a reconstrução. Bastaria sair para os campos estragados pela companhia bananeira, limpar o mato e começar tudo outra vez, do princípio. Mas a invasão lhes havia ensinado a ser impacientes; a não acreditar nem no passado nem no futuro. Havia-lhes ensinado a acreditar apenas no momento presente e nele saciar a voracidade dos seus apetites. Pouco tempo foi necessário para que nos déssemos conta de que o aluvião tinha-se ido e de que sem ele a reconstrução era impossível. O aluvião havia trazido tudo e tudo havia levado. Depois dele, só ficava um domingo nos escombros de um povoado, e o eterno trapaceiro eleitoral na última noite de Macondo, levando para a praça pública quatro garrafões de aguardente, pondo-os à disposição da polícia.

Se nessa noite o *Cachorro* conseguiu contê-los, apesar de sua rebeldia ainda estar viva, hoje poderia ir de casa em casa, armado de um chicote, e os teria obrigado a enterrar este homem. O *Cachorro* trazia-os submetidos a uma disciplina férrea; mesmo depois que morreu o sacerdote, quatro anos atrás — um ano antes da minha enfermidade —, essa disciplina manifestou-se na maneira apaixonada como todo mundo arrancou as flores e folhagens do seu jardim e levou-as à tumba, para render ao *Cachorro* seu tributo final.

Este homem foi o único que não esteve no enterro. Precisamente o único que devia a vida a essa inquebrantável e contraditória submissão do povoado ao sacerdote.

Porque na noite em que puseram os quatro garrafões de aguardente na praça, e Macondo tornou-se um povoado atropelado por um grupo de bárbaros armados; um povoado em pânico, que enterrava seus mortos na fossa comum, alguém deve ter se lembrado de que nesta esquina morava um médico. Então foi quando encostaram as padiolas na porta, e lhe gritaram (porque ele não abriu; falou lá de dentro); lhe gritaram:

— Doutor, socorra estes feridos, que os outros médicos já não dão conta. — E ele respondeu:

— Levem-nos a outra parte, já não sei mais nada disso. — E lhe disseram:

— O senhor é o único médico que nos resta. Tem que fazer essa obra de caridade. — E ele respondeu (e ainda sem abrir a porta), plantado no meio da sala, os iluminados duros olhos amarelos:

— Esqueci tudo o que sabia. Levem-nos a outra parte. — E continuou (porque a porta jamais foi aberta) com a porta fechada, enquanto homens e mulheres de Macondo agonizavam diante dela. Nessa noite, a multidão teria sido capaz de tudo; e dispunha-se a incendiar a casa e reduzir a cinzas seu único morador. Mas então apareceu o *Cachorro*. Dizem que foi como se tivesse estado aqui, invisível, montando guarda para evitar a destruição da casa e do homem.

— Ninguém tocará esta porta — dizem que disse o *Cachorro*. E dizem que isso foi tudo o que disse, os braços abertos em cruz, seu inexpressivo e frio rosto de caveira de vaca iluminado pelo resplendor da fúria rural. E então o impulso freou-se, mudou de curso, mas ainda teve força suficiente para gritar a sentença que asseguraria, para todos os séculos, o advento desta quarta-feira.

Caminhando até a cama para dizer aos meus homens que abram a porta, penso: "Deve chegar de um momento para outro." E penso que, se não chegar dentro de cinco minutos, levaremos o ataúde sem sua autorização e colocaremos o morto na rua, nem que se tenha de sepultá-lo em frente da casa.

— Cataure — digo, chamando o mais velho dos meus homens, e apenas tive tempo de levantar a cabeça quando ouço os passos do alcaide vindo até nós do quarto vizinho.

Sei que vem diretamente a mim, e procuro voltar-me rapidamente, apoiado na bengala, mas me falta a perna enferma e pendo para a frente, certo de que vou cair e bater com o rosto na tampa do ataúde, quando tropeço em seu braço e nele me seguro solidamente e ouço sua voz de pacífica estupidez, dizendo:

— Não se preocupe, coronel. Asseguro-lhe que não acontecerá nada.

E acredito que assim será, mas sei que ele o diz para dar coragem a si mesmo.

— Não acredito que possa acontecer nada — lhe digo, pensando no contrário, e ele fala algo a respeito do cemitério e me entrega a licença para o enterro. Sem a ler, dobro-a e meto-a no bolsinho do colete e lhe digo:

— De qualquer maneira, o que acontecer é porque tinha de acontecer. É como se o almanaque tivesse anunciado.

O alcaide dirige-se aos *guajiros*. Manda que preguem o ataúde e abram a porta. Eu os vejo mover-se procurando o martelo e os pregos que apagarão para sempre a visão deste homem, deste desamparado senhor de nenhum lugar que vi pela última vez há três anos, diante do meu leito de convalescente, com a cabeça e o rosto gastos por uma prematura decrepitude. Então acabava de me arrancar da morte. A mesma força que o havia levado ali, que lhe havia comunicado a notícia da minha enfermidade, parecia ser a que o mantinha diante do meu leito de convalescente, dizendo:

— Agora só é preciso exercitar um pouco esta perna. É possível que de agora em diante tenha de usar bengala.

Dois dias depois lhe perguntaria quanto lhe devia, e ele me responderia:

— O senhor não me deve nada, coronel. Mas se quiser me fazer um favor, jogue-me um pouco de terra em cima quando eu amanhecer morto. É a única coisa de que preciso para não ser comido pelos urubus.

No próprio compromisso que me obrigava a contrair, na maneira de propô-lo, no ritmo dos seus passos sobre os ladrilhos do quarto, percebia-se que este homem começara a morrer há muito tempo, embora ainda se passassem três anos antes que essa morte, adiada e defeituosa, se realizasse por completo. Esse dia foi hoje. E creio mesmo que não teria necessidade da corda. Um ligeiro sopro bastaria para extinguir o último rescaldo da vida que ficara em seus duros olhos amarelos. Eu havia pressentido tudo isso desde a noite em que falei com ele no quartinho, antes que fosse morar com Meme. De maneira que, quando me obrigou a assumir o compromisso que agora vou cumprir, não me senti perturbado. Simplesmente lhe disse:

— É um pedido desnecessário, doutor. O senhor me conhece e sabe que eu o enterraria de qualquer maneira, contra a vontade do mundo inteiro, mesmo que não lhe devesse a vida.

E ele, sorridente, pela primeira vez apaziguados seus duros olhos amarelos:

— Tudo isso é verdade, coronel. Mas não se esqueça de que um morto não poderia me enterrar.

....

Agora ninguém poderá remediar esta vergonha. O alcaide entregou a meu pai a licença para o enterro, e meu pai disse:

— De qualquer maneira, o que acontecer é porque tinha de acontecer. É como se o almanaque tivesse anunciado.

E o disse com a mesma indolência com que se entregou à sorte de Macondo, fiel aos baús onde está guardada a roupa de todos os mortos anteriores a meu nascimento. Desde então, tudo começou a rolar em declive. Mesmo a energia de minha madrasta, seu caráter férreo e dominador transformaram-se numa amarga aflição. Ela parece cada vez mais distante e taciturna, e é tamanha a sua desilusão que esta tarde se sentou perto da grade e disse:

— Ficarei aqui, quieta, até a hora do Juízo Final.

Meu pai não havia mais imposto sua vontade. Somente hoje é que se levantou para cumprir esse vergonhoso compromisso. Está aqui, certo de que tudo ocorrerá sem consequências graves, vendo os *guajiros* que se movimentam para abrir a porta e fechar o ataúde. E os vejo aproximar-se, fico de pé, tomo o menino pela mão e levo a cadeira para perto da janela, para que o povo não me veja quando abrirem a porta.

O menino está perplexo. Quando me levantei, olhou-me no rosto, com uma expressão indescritível, um pouco aturdida. Agora, porém, está perplexo, ao meu lado, vendo os *guajiros* que suam por causa do esforço que fazem para despregar as dobradiças. E, com um penetrante e sustenido lamento de metal oxidado, a porta se abre de par em par. Então vejo outra vez a rua, a poeira luminosa, branca e abrasadora, que cobre as casas e que deu ao povoado um lamentável aspecto de móvel velho. É como se Deus tivesse declarado Macondo desnecessário e o tivesse jogado no canto onde costuma jogar os povoados que deixam de prestar serviços à criação.

O menino, que no primeiro momento deve ter ficado deslumbrado com a repentina claridade (sua mão tremeu na minha quando a porta se abriu), levanta a cabeça, concentrado, atento e me pergunta:

— Está ouvindo?

Só então, percebo que num dos pátios vizinhos uma sururina está cantando a hora.

— Sim — digo. — Já devem ser três horas — quase no exato momento em que soa a primeira batida do prego.

Procurando não escutar esse lancinante som que me arrepia a pele; fazendo o possível para que o menino não perceba minha perturbação, volto o rosto para a janela e vejo, no outro quarteirão, as melancólicas e empoeiradas amendoeiras, com a nossa casa ao fundo. Sacudida pelo sopro invisível da destruição, também ela está em vésperas de um silencioso e definitivo desmoronar. Todo Macondo está assim desde que foi sugado pela companhia bananeira. O mato toma conta das casas e invade as ruas, os muros se fendem e uma pessoa pode encontrar em pleno dia um lagarto no quarto de dormir. Tudo parece destruído desde o dia em que não voltamos a cultivar o alecrim e o nardo; desde que uma mão invisível quebrou a louça do Natal no armário e começaram a engordar traças na roupa que ninguém voltou mais a vestir. Quando uma porta empena, não há uma mão solícita disposta a consertá-la. Meu pai não tem forças para movimentar-se como fazia antes desse tombo que o deixou mancando para sempre. A Sra. Rebeca, detrás do seu eterno ventilador, não se ocupa de nada que possa repugnar a fome de malevolência que lhe provoca sua estéril e atormentada viuvez. Águeda está paralítica, prostrada por uma paciente enfermidade religiosa; e a única alegria do Padre Ángel é saborear na sesta de todos os dias sua perseverante indigestão de almôndegas. A única coisa que continua invariável é a canção das gêmeas de São Jerônimo e essa misteriosa mendiga que não parece envelhecer e que há vinte anos vem todas as terças-feiras à nossa casa pedir um raminho de alecrim. Somente o apito de um trem amarelo e empoeirado, que não leva ninguém, interrompe o silêncio quatro vezes ao dia. E, à noite, o tum-tum da pequena usina elétrica que a companhia bananeira deixou quando foi embora de Macondo.

Vejo a casa pela janela e imagino que minha madrasta está ali, imóvel na sua cadeira, talvez pensando que antes que regressemos já terá soprado esse vento final que apagará este povoado para sempre. Todos, então, já terão ido, menos nós, porque estamos atados a este chão por um quarto cheio de baús, nos quais ainda se conservam os utensílios domésticos e a roupa dos avôs, de meus avôs, e os toldos que os cavalos de meus pais usaram, quando chegaram a Macondo fugindo da guerra. Estamos plantados neste solo pela lembrança dos mortos remotos cujos ossos já não poderiam ser encontrados vinte braças debaixo da terra. Os baús estão no quarto desde os últimos dias da guerra; e ali estarão esta tarde, quando voltarmos do enterro, se é que, então, já não terá passado esse vento final que varrerá Macondo, seus quartos de dormir cheios de lagartos e sua gente taciturna, devastada pelas recordações.

. . . .

Meu avô levanta-se, subitamente, apoia-se na bengala e estica sua cabeça de pássaro na qual os óculos parecem seguros como se fizessem parte do rosto. Creio que para mim seria muito difícil usar óculos. Com qualquer movimento, eles se soltariam das minhas orelhas. E, pensando nisso, dou tapinhas no nariz. Mamãe me olha e pergunta:

— Está doendo?

E eu lhe digo que não, que simplesmente estava pensando que não poderia usar óculos. E ela sorri, respira profundamente e diz:

— Você deve estar empapado de suor.

E é verdade, a roupa me queima a pele, o pano verde e grosso, fechado até em cima, adere ao meu corpo com o suor e me produz uma sensação mortificante.

— Sim — digo.

E minha mãe inclina-se para mim, me afrouxa o laço e me abana o pescoço, dizendo:

— Quando chegarmos em casa você irá repousar e depois lhe darei um banho.

"Cataure", escuto...

Nisso, pela porta dos fundos, entra novamente o homem do revólver. Ao aparecer no vão da porta, tira o chapéu e caminha com cautela, como se temesse acordar o cadáver. Mas faz assim para assustar meu avô, que se inclina para a frente empurrado pelo homem, e cambaleia, e consegue agarrar-se ao braço do mesmo homem que queria derrubá-lo. Os outros deixaram de fumar e permanecem sentados na cama, em ordem, como quatro corvos numa cerca. Quando o homem do revólver entra, os corvos se inclinam e falam em segredo, e um deles se levanta, vai até a mesa e apanha a caixa dos pregos e o martelo.

Meu avô conversa com o homem junto ao ataúde. O homem diz:

— Não se preocupe, coronel. Asseguro-lhe que nada acontecerá.

E meu avô diz:

— Não acredito que possa acontecer nada.

E o homem diz:

— Podem enterrá-lo do lado de fora, junto à parede esquerda do cemitério, onde as árvores são mais altas.

E depois entrega um papel a meu avô, dizendo:

— O senhor verá que tudo sairá bem.

Meu avô apoia-se na bengala com uma mão e apanha o papel com a outra, guarda-o no bolsinho do colete, onde tem o pequeno relógio quadrado de ouro com uma corrente. Depois diz:

— De qualquer maneira, o que acontecer é porque tinha de acontecer. É como se o almanaque tivesse anunciado.

O homem diz:

— Há algumas pessoas nas janelas, mas por pura curiosidade. As mulheres sempre vão para a janela por qualquer coisa.

Acho, porém, que meu avô não o escutou, porque está olhando a rua pela janela. O homem então se move, chega até a cama e diz aos homens, enquanto se abana com o chapéu:

— Agora podem fechar. E abram a porta, para que entre um pouco de ar fresco.

Os homens se põem em movimento. Um deles inclina-se sobre a caixa com o martelo e os pregos e os outros se dirigem para a porta. Minha mãe levanta-se. Está suada e pálida. Puxa a cadeira, segura a minha mão e afasta-se de lado para que os homens que vieram abrir a porta possam passar.

Primeiro, procuram torcer a tranca que parece soldada às oxidadas dobradiças, mas não conseguem movê-la. É como se alguém estivesse fortemente encostado na porta do lado da rua. Mas, quando um dos homens se apoia contra a porta e bate nela, ergue-se no quarto um barulho de madeira, de gonzos oxidados, de fechaduras soldadas pelo tempo, chapa sobre chapa, e a porta abre-se, enorme, como para deixar passar dois homens, um sobre o outro; e há um longo gemido da madeira e dos ferros despertados. E, antes que tenhamos tempo de saber o que está acontecendo, a luz irrompe no quarto, por detrás, poderosa e perfeita, porque lhe tiraram o suporte que a sustentou durante duzentos anos e com a força de duzentos bois, e fica de costas no quarto, arrastando a sombra das coisas na sua turbulenta queda. Os homens se tornam brutalmente visíveis, como um relâmpago ao meio-dia, e cambaleiam, e é como se tivessem que se sustentar para que a claridade não os derrube.

Quando a porta se abre começa a cantar uma sururina em alguma parte do povoado. Agora vejo a rua. Vejo a poeira brilhante e ardente. Vejo vários homens na calçada do outro lado da rua, com os braços cruzados, olhando para o quarto. Ouço novamente a sururina e digo à mamãe:

— Está ouvindo?

E ela responde que sim, que devem ser três horas. Mas Ada me disse que as sururinas costumam cantar quando sentem cheiro de morto. Vou dizer isso à mamãe no instante preciso em que ouço o barulho intenso do martelo na cabeça do primeiro prego. O martelo bate, bate, e enche tudo; descansa um segundo e bate de novo, ferindo a madeira por seis vezes consecutivas, acordando o prolongado e triste clamor das tábuas adormecidas, enquanto minha mãe, com o rosto voltado para o outro lado, olha a rua pela janela.

Quando acabam de pregar ouve-se o canto de várias sururinas. Meu avô faz um sinal a seus homens. Estes se inclinam, ladeiam o ataúde, enquanto o homem do revólver permanece no canto, de chapéu, e diz a meu avô:

— Não se preocupe, coronel.

E então meu avô volta-se para o canto, agitado e com o pescoço inchado e sanguíneo, como o de um galo de briga. Mas não diz nada. É o homem que volta a falar, lá do canto. Diz:

— Acredito mesmo que em todo povoado nem exista mais alguém que se lembre disso.

Nesse instante sinto verdadeiramente um tremor no ventre. "Agora tenho mesmo necessidade de ir lá dentro", penso, mas vejo que é demasiado tarde. Os homens fazem um último esforço, retesam-se com os pés cravados no solo, e o ataúde fica flutuando na claridade, como se estivessem levando um navio morto para sepultar.

Penso: "Agora sentirão o cheiro. Agora todas as sururinas começarão a cantar".

* * *

Este livro foi composto na tipografia Minion Pro
Regular, em corpo 12/16, e impresso em papel
off-white no Sistema Digital Instant Duplex
da Divisão Gráfica da Distribuidora Record.